우리 모두는 살아있는 게 기특한 사람

우리 모두는 살아있는 게 기특한 사람

김나율 에세이

위즈덤하우스

목차

아름다운 나의 이모에게

프롤로그

아무도 모른다

새벽 응급실의 공기는 무겁게 내려앉아 있었다. 사람들의 신음과 고함으로 소란스럽던 한때를 힘겹게 넘긴 후였다. 규칙적으로 들려오는 기계음과 미미하게 나는 소독약 냄새 때문에 잠에서 깼을 때, 나는 이곳이 병원 응급실이라는 것을 금세 깨달았다. 어느 순간부터 기절하듯 잠들어버렸다. 엄마는 내 옆에서 쪽잠을 자고 있다. 나는 이대로라면 분명 감기에 걸린 채 병동으로 이동할 거라고 생각했다. 내 자리 바로 위 천장에서 에어컨이 돌고 있었다. 시트를 두 장이나 덮었지만 온몸을 떨 정도로 추웠고, 엄마가 바로 옆에 잠들어 있었지만 세상에 오직 나와 침대만 덩그러니 놓여있는 기분이 들었다. 나는 가만히 누워 천천히 심호흡을 했다.

그날 늦은 오후, 나는 제주도 여행을 마치고 김포공항으로 들어섰다. 돌아오는 비행기 안에서 이미 경미한 공황증세가 있었다. 좌석이 땅으로 꺼질듯한 느낌이 들고 두통이 찾아왔던 것이다. 응급약을 챙기지 못한 나는 속수무책으로 빨리 공항에 도착하기만을 기다렸다. 친구 H가 옆 좌석에서 날 바라보는 게 느껴졌지만 그 시선을 신경 쓸 여력이 없었다. 그저 이대로 떨어져 죽고 싶었다.

공항에 도착한 뒤 친구들과 헤어졌다. 나는 무거운 짐을 끌고 나오면서 더는 나를 버틸 수 없다고 생각했다. 이미 오락가락하는 내 상태에 지쳐있었다. 가족들과 친구들의 얼굴이 차례대로 떠올랐으나 곧 이대로 내가 죽어도 누구도 슬퍼하지 않을 것 같다고, 나 하나 사라진다고 세상이 어떻게 되지는 않을 거라고, 기회는 지금뿐이라는 생각이 스쳤다. 나는 많은 사람이 오고 가는 공항 안에 서서, 죽기로 결심하고 서둘러 출구로 빠져나갈 준비를 했다. 그날은 엄마의 생일이었다.

엄마를 생각하며 마음이 약해진 나는 시도조차 제대로 해보지 못하고 병원 응급실로 향하는 택시를 탔다. 그리고 도대체 어디서부터 잘못된 건지 생각하기 시작했다. 분명 나에게도 살아있어서 좋다고, 다행이라고 생각한 순간이 있었고 그만큼 죽음을 두려워했던 적도 있었다. 그런데 왜, 언제부터 나는 죽음과 양어깨를 붙이고 서 있을 만큼 가까워진 걸까. 나에게 왜냐고 묻는 사람들은 많았다. 누군가는 내가 그 이유를 분명하게 알고 있을 거라고 생각할 수도 있다. 하지만 사실은 그렇지 않다. 내가 왜 이렇게 됐고, 어디서부터 잘못된 건지 알 수가 없었다. 결국 아무도 모를 것이다. 막막하고 두려운 이 마음을. 그때마다 내가 할 수 있는 건 살아있다는 사실을 두고두고 저주하는 것뿐이었다.

응급실로 오기 전, 외래 진료를 통해 양극성장애를 진단받았다. 진단명이 바뀌는 건 순식간이었다. 평생을 우울증이라고만 알고 지냈는데, 새로운 약을 처방받으면서 약간은 허탈했고 그제야 내 증상이 이해되기 시작했다. 양극성장애는 이모가 앓았던 질환이다. 조울증이라고도 불리는 양극성장애는 기분이 들뜨는 조증이 나타나기도 하고, 기분이 가라앉는 우울증이 나타나기도 한다. 이때 조증은 많은 사람들이 알고 있는 것처럼 단순하게 행복하고 기쁜 상태 정도가 아니라 무엇이든 할 수 있고 감당할 수 있다는 비정상적인 들뜸에 가까운 상태를 뜻한다.

의사들은 나와 부모님을 찾아와서 보호병동 입원에 동의하는지 거듭 물었다. 병동으로 올라가면 안정실에 들어갈 수도 있겠다는 생각이 들었다. 주사를 맞고 한동안 자게 될지도 모른다. 아니면 쇠창살이 드러나는 창밖으로 하루하루가 가는 것을 세며 시간을 보내게 될지도 모른다. 나는 절망했다. 앞으로 나는 어떻게 될까, 병동에서 나올 순 있을까, 내가 앓고 있는 이 병은 얼마나 끔찍한 병일까. 생각을 멈출 수 없어 머리가 아파왔다.

나는 일찍이 보호병동 입원 대기자 리스트에 이름을 올려두고 있었다. 보호병동보다는 폐쇄병동으로 잘 알려진 그곳에 대해 어떠한 정보도 들을 수 없어 막막했지만, 죽고 싶다는 마음이 그 막막함보다 앞서서 어쩔 수 없었다. 누군가 괜찮다고, 그곳 역시 사람들이 생활하는 곳이라고 설명해줬다면 좋았을 테지만 그런 설명을 찾아볼 수 없었다. 확실한 건 미디어에서 그런 역할을 제대로 하진 못했다는 것이다.

이제 내가 갈 수 있는 곳은 보호병동밖에 없다고 생각했기 때문에 의료진들에게 담담히 '입원할게요'라고 이야기할 수 있었다. 그리고 그 말은 곧 '그냥 죽게 두세요'나 '제발 살고 싶어요'와 다르지 않게 들렸다.

응급실에 온 지 열여덟 시간 만에 보호병동으로 이동할 수 있다는 이야기를 들었다. 나는 손바닥으로 얼굴을 쓸어내렸다.

1.

나을 수 있나요, 제가

그 청보리밭에서

어릴 적 청보리밭을 본 적이 있다. 푸르게 윤이 나고 바람이 부는 대로 사아아 소리를 내며 나부끼는 청보리밭을. 전남 나주에 있는 외갓집을 찾았을 때였다. 몇 명의 사촌들과 함께 걷고 있었고 나는 그들 속에 쉽게 어울리지 못해 뒤처졌다. 엄마는 어린 남동생을 돌보느라 나와 함께하지 못했다. 그날, 그 어둠 속에서 저녁의 시골길을 두리번거리며 걷다가 청보리밭을 보고 만 것이다. 순간 나는 그곳에 뛰어들고 싶다는 충동에 휩싸였다. 뛰어들면 아무도 날 찾지 못할 것 같았다. 가던 길을 멈추고 쪼그려 앉아 손을 뻗으니 청보리가 손등을 스쳤다. 나는 숨을 크게 들이쉬었다. 겨우 일곱여덟 살이었던 시절, 그것은 내가 기억하는 최초의 자살사고(思考)였다.

그때 이모가 날 불러주지 않았다면 나는 기어이 그 보리밭의 유혹을 뿌리치지 못하고 뛰어들어 진창에 빠졌을 것이다. 내 이름을 부르는 이모의 목소리와 함께 뻗어온 손길이 나를 덥석 붙잡았다. 혼자서 뭐 하고 있느냐는 이모의 질문에 나는 답을 할 수 없어서 우물쭈물했다. 이모는 내 손을 잡고 뒤처지면 안 된다는 듯 빠른 걸음으로 걷기 시작했다. 나는 그대로 멀어져가는 청보리밭을 바라보며 이 순간이 평생 잊히지 않을 것 같다고 생각했다.

이모는 마흔 살이 되던 해에 스스로 목숨을 끊었다. 퇴근 후 버스를 여러 번 갈아타고 나서야 이모의 빈소를 찾아갈 수 있었다. 버스를 타고 가는 내내 나는 이모가 죽었다는 사실을 믿을 수 없어 멍하니 창밖만 바라보았다. 어렵게 도착한 빈소에서 영정사진 속 이모는 나와는 달리 말간 얼굴로 웃고 있었다. 이모는 다정한 사람이었다. 이모가 서울로 상경했을 때 함께 살았던 적이 있다. 그녀는 언니의 집에 얹혀살며 조카인 나에게 동화책 인물을 똑같이 그려주기도 하고 비행기를 태우며 놀아주기도 했다. 우리는 종종 같은 침대를 썼고 천둥번개가 내리치는 날에는 이모의 곁에 붙어

갔다. 이모는 나에게 줄 우유는 꼭 데워주었다.

이모는 다정한 사람이었다. 다정한 사람이라고 하면 기분이 이상해진다. 학교를 졸업하고 사회생활을 하면서 다양한 사람들을 수없이 만났지만 그중에 다정한 사람이라는 말이 어울리는 사람은 별로 없었다. 우리 사이에 끼어 조용히 살고 있지만 아주 희귀한 종족. 나는 이모의 다정함을 닮고 싶었다. 언젠가 술자리에서 다정한 사람은 오래 살지 못한다고 누군가 말했다. 그 이유는 말 그대로 다정하기 때문이다. 사회에서는 정이 많으면 많을수록 불리할 수밖에 없다는 것이다. 나는 그 말에 이모를 떠올리고 불쾌해했지만 한편으론 맞는 말이라고 생각했다. 그렇지 않다면 다정한 사람들을 이렇게까지 찾기 힘들 이유가 없다고 생각했다. 그 이후로 나는 꼭 다정하고도 오래 사는 사람이 되겠다고 다짐했다.

이모와의 마지막 통화가 생각난다. 이모는 오래 아팠고 마지막 통화에서 나는 이모의 어눌한 말투가 적응되지 않아 힘겹게 말을 이어갔다. 졸업식이 어땠는지, 새로 다니게 된 직장은 어떤 곳인지, 종종 이모한테 연락할게, 이야기하며 떨리는 목소리로 긴 터널을 통과하는 듯한 통화를 마쳤다. 내 말에 겨우 대답만 하는 이모의 목소리가 사라지자 나는 이모가 걱정되기 시작했고, 이 상황이 무서워졌다. 이모를 위해 매달 한 번씩 통화해야겠다고 애써 다짐했지만, 곧 그렇게 할 수 있을지 잘 모르겠다는 생각이 들었다. 나는 그때 왜인지 이모가 나를 불렀던 그 청보리밭을 떠올렸다.

다정한 것들은 일찍 죽는다.
이젠 방법을 모르겠다는 생각.

re: 다정하지 말자.

_2018년 5월 14일 인스타그램

보내지 못한 편지를 담아두는 상자가 있다. 일부러 보내지 않은 건 아니고 그냥 깜빡깜빡하다 보니 하나씩 늘어났던 건데, 누군가는 그 전하지 못한 편지들을 '안 쓴 편지'라고 이야기했다. 생일 카드와 크리스마스 카드, 그 외에 사랑한다거나 보고 싶다거나 장난으로 '죽을래?'라고 묻던 편지들이 밤새 내 머릿속과 마음속에서 너울지며 까만 방의 벽면을 채웠다. 나의 게으름과 건망증이 부끄러웠고 편지를 받아야 할 사람들과 다시는 연락하지 못할 것 같다고 생각했다.

내가 죽음과 한 발짝 가까워진 것은 여동생이 태어난 지 백일을 채 넘기지 못하고 죽었던 그날부터였는지도 모르겠다. 맞벌이를 했던 부모님이 울었는지 어땠는지도 기억나지 않는 아주 먼 옛날의 기억. 하얀 거즈 수건과 아기 분 냄새만 어렴풋이 기억나는 그때 나는 동생을 잃었다. 죽는 것은 무엇일까. 사라지는 것은 무엇일까. 왜 동생은 사라졌을까. 끊이지 않는 의문에 대해 어린 내게 설명해주는 사람은 아무도 없었다. 초등학교 1학년 때 스승의 날 기념으로 담임 선생님께 편지쓰기를 했는데 나는 왜인지 거기에 죽은 동생의 일을 적었다. 누군가 알아주길 바랐던 건지, 아니면 사라짐에 대한 설명을 듣고 싶었는지, 지금 생각해도 어린 내가 왜 그런 행동을 했는지 잘 모르겠다. 분명한 것은 당시 엄마의 반응이었다. 엄마는 그 편지를 읽고는 굉장히 화를 냈다. 동생이 사라진 일은 화를 낼 수 있는 일이구나 싶어 다시는 동생의 일을 입 밖에 내지 않았다.

여동생이 죽고 몇 년이 지나 남동생이 생겼다. 초등학교에 입학하기 전, 어린이집에서 나이 차이가 꽤 나는 남동생을 돌보는 일은 내 일과 중 가장 큰 부분을 차지했다. 부모님은 나와 동생에게 많은 사랑을 주었지만 일 때문에 항상 바빴다. 동생은 태어난 지 얼마 지나지 않아 내가 다니는 어린이집에 함께 맡겨졌다. 어린이집 선생님이 데워준 우유를 흔들어 동생 입에 넣고 지켜보는 일은 흐뭇하기도 했는데 한편으론 어딘지 모르게 날 허전하게 했다. 그래도 선생님들이 해주는 칭찬, 가령 어른스럽다거나 의젓하다거나 동생을 참 잘 본다는 칭찬들이 나를 한껏 치켜세워줘서 그 일들을 해낼 수 있었다. 초등학교에 입학한 이후에도 나는 동생을 돌봤고 학교에서 일찍 돌아온 날에는 집에서 동생과 할아버지와 함께 부모님을 기다렸다. 어린이집에서 만난 친구들을 제외하면 동네나 학교에서 만난 내 또래와는 도통 어울리지 못했다. 낯을 많이 가렸던가. 나는 무리에서 깍두기를 자처하며 가만가만 하루를 보냈다.

시장에서 집으로 오는 길에 큰 문구점이 하나 있었는데, 나는 그곳에서 갖고 싶은 것들을 하나씩 마음속에 품고 있었다. 가끔 용돈을 모아 갖고 싶었던 것들을 사거나 엄마와 그곳에 들를 때 갖고 싶은 것을 빤히 쳐다보면서 그것들을 얻었다. 품고 있던 무언가가 하나씩 사라지는 것이 기분 좋았다. 어느 겨울엔 크리스마스트리가 그것이었다. 마침 준비물을 사러 문구점에 들렀을 때였는데, 나는 엄마에게 트리가 갖고 싶다는 말을 차마 하지는 못하고 계속 그 초록색 잎을 만지작거렸다. 엄마는 내 얼굴을 살피더니 트리가 갖고 싶냐고 물었다. 그리고 곧 그 트리를 계산했다. 엄마의 하루 일당과 맞먹는 가격이었다. 나는 너무 좋아서 집까지

한달음에 뛰어가고 싶었지만 꾹 참았다. 집에 와서 전원을 연결하고 차례로 점멸하는 불빛을 한없이 바라보았다. 자리에 누웠지만 늦은 밤까지 잠들지 못하고 트리를 쳐다봤다. 트리에서 깜빡이며 도는 전구들. 불빛이 사라졌다가 한참 만에 켜지면 놀랍고 반가웠고 다시 꺼지면 트리가 사라진 것 같아서, 다시는 불이 켜지지 않을 것 같아서 불안했다.

나의 유년 시절은 기다림의 연속이자 안 쓴 편지와 다름없었다. 여동생의 죽음을 통해 때로 어떤 기다림은 영영 채워지지 않음을 알게 되었다. 어둑어둑한 어린이집에서 저녁 늦게 퇴근하는 엄마를 기다렸던 것, 비 오는 날이면 날 위해 우산을 챙겨줄 누군가를 기다렸던 것, 동생을 데려다줄 어린이집 버스를 기다렸던 것. 한참 만에야 온 엄마나 할아버지에게 안기면 누군가가 나를 데리러 왔다는 생각에 겨우 안심하면서도 외롭고 공허했다. 하지만 이것을 누구에게 말하지도, 내색하지도 않았다. 나는 어렸고 누군가에게 마음을 건네는 방법을 몰랐고 두려웠고 깜빡였다. 언젠간 동생을 돌보지 않아도, 내가 할 일보다 더 많은 것들을 미리 하지 않아도 괜찮은 날이 올 수도 있으니까. 나도 어린애처럼 떼쓰고 울고, 동생과 싸워도 괜찮은 날이 올 수도 있으니까. 주위의 어른들은 날 애어른이라고 불렀지만 나는 혼자 그런 생각들을 하며 하루하루를 보냈다.

내 방 천장엔 알 수 없는 무늬가 가득했다. 학교에서 돌아온 나는 학원으로 바로 가지 않고 방안에 누워 그것들을 오래도록 바라보았다. 불을 켜지 않아 어두컴컴했지만 곧 어둠에 익숙해져 나의 눈이 천장의 무늬들을 좇게 만들었다. 나는 그것을 오래도록 바라보면서 자랐다. 이 우울과 불안이 왜 시작됐고 어떻게 해야 끝나는지도 모른 채, 한없이 들여다봤다. 어른이 되면 나아질까. 이대로 나이를 먹으면 지혜로워질까. 어둠 속에서 그런 고민을 하며 나는 알 수 없는 외로움이 녹아 없어지길, 무뎌지길 기다리기로 했다.

첫 번째 병원은 내가 다니던 고등학교 근처에 있었다. 부모님이 싫고 집이 싫었던 만큼, 학교와 학교에서 만나는 친구들이 좋았던 열여덟 살의 나는 하루에도 몇 번씩 기분이 오르락내리락했다. 잠을 잘 자지 못하고 불안에 떨던 즈음에 정신과에 가야겠다고 생각했다. 혼자서는 무서울 것 같아서 부모님에게 이야기했다. 엄마는 당황스러워했지만 곧 같이 가보자고 말했다. 처음 방문한 병원의 공기는 아무것도 없는, 텅 빈 상자 같은 느낌이었다. 내 이름을 말하고 접수를 하자 곧이어 진료실 안에서 들어오라는 목소리가 들렸다.

의사는 내 증상을 적더니 내가 힘든 이유가 무엇인 것 같냐고 물었다. 엄마와 함께 있었기 때문에 '나도 잘 모르겠다'라고 대답하지 못했다. 구체적인 이유를 말하지 않으면 엄마가 불안해할 것 같아서였다. 그래서 친구들과 사이가 좋지 않아서 그런 것 같다고 거짓말했다. 아니, 어쩌면 사실대로 말한 것도 같다. 당시 나는 폭력적인 행동으로 주변 친구들을 자주 놀라게 했다. 친구들은 날 이해할 수 없었겠지만 무리하며 나를 받아주었다. 의사는 알 수 없는 글씨로 서류를 채워나가더니 아무래도 중증 우울증인 것 같다고 이야기했다. 약을 수 개월간 꼭 먹어야 한다고 했다. 엄마와 나는 약을 받아들고 귀가했다. 엄마는 아빠에게 병원에 다녀온 이야기를 했다. 아빠에게 한 번만 안아달라고 했지만 아빠는 끝내 날 안아주지 않았다. 그 후 약을 먹으면서 치료를 받았지만 얼마 지나지 않아 엄마가 약에 의존하면 안 되지 않겠냐고 하는 말에 화가 나서 마음대로 약을 끊고 병원에 가지 않았다.

아빠가 집을 나갔다. 그즈음 집안은 매우 시끄러웠다. 엄마와 아빠는 말만 하면 싸웠고 나와 내 동생은 그걸 모른 척하느라 진을 뺐다. 나는 왜인지 내가 태어났기 때문에 이 모든 일이 시작됐다는 생각을 지울 수가 없었다. 아빠가 돌아온 날, 나는 온 가족 앞에서 내가 왜 이렇게 힘들어야 하는지 모르겠다고 말하며 울었다. 지금 한창 사랑받아야 하는 나이인데 왜 이렇게 아파야 하냐고, 처음으로 속 이야기를 솔직하게 꺼냈다. 아빠는 다시 집을 나갔고 엄마는 나와 동생을 외면했다. 그 뒤로 다시는 부모님에게 내 진심을 이야기하지도, 속 아픈 투정을 부리지도 않겠다고 다짐했다.

고3이 되기 직전 겨울방학 때 림프샘염을 앓았다. 목이 심하게 부어오르고 열이 떨어지지 않아 2주 가까이 병원에 입원해야만 했다. 내가 아프다는 소식에 아빠가 집으로 돌아왔다. 병원비 때문에 걱정했으나 부모님이 그런 건 걱정하지 말라며 입원 기간 내내 나를 보살펴줬다. 부모님에게 처음으로 기댈 수 있다고 느꼈다. 그것이 내심 기쁘기는 했지만 부모님에게 이야기하지는 않았다. 아파서라도 내 존재를 증명해야 하는 것 같아서 조금 슬펐다.

문제가 많았던 친구들과의 관계에 입시 스트레스까지 더해지자 이상행동이 더 심해졌다. 화를 참을 수 없어 소리를 지르거나 식탁 위에 식칼을 꺼내놓고 한참을 바라보고 있거나, 표백제를 컵 한가득 물에 풀어놓고 그것을 마실까 말까 고민했다. 친구와 함께 집에 있다가 엉엉 우는 일은 부지기수였다. 그 가운데 특히 잊을 수 없었던 일은 아침에 우울감으로 눈을 뜨면 하지도 않은 자해 흔적이 손목에 남아있던 일이다. 뒤늦게 이상하다는 생각이 들어 몇 년 뒤 동네 정신과를 찾았을 때 의사에게 그 이야기를 했다. 지금도 그러냐는 질문에 지금은 그렇지 않다고 대답했다.

대학에 진학한 후 학기 중엔 과제와 학과 학생회 활동, 동아리 활동으로 정신없는 날들을 보냈다. 술을 많이 마셨다. 방학이 되면, 어제까지 웃으며 보던 사람들과 오늘은 쉽게 인연을 끊자고 연락했다. 사람들은 날 이해하지 못했다. 나도 날 이해하지 못해 이상한 죄책감이 밀려왔다.

두 번째 병원은 2016년 초, 대학교 조교를 그만두고 찾아간 집 근처 병원이었다. 직장 스트레스 때문인지 언제부턴가 술을 마신 것도 아닌데 화가 나면 10분에서 15분 정도 기억을 잃어버리는 일이 종종 생겼다. 어느 날 한 지인과 페이스북 '친구 맺기'가 끊어졌는데, (알고 보니 내가 끊은 거였다) 상대방이 끊어버린 줄 알고 이유를 모르겠다며 안절부

절못했던 기억. 한참 통화를 하다가 앞부분의 통화 내용을 기억하지 못해 신나게 떠들던 친구를 당황스럽게 만들어 울었던 기억. 병원에 진료를 받으러 갔을 때 증상을 이야기하니 스트레스 검사라는 걸 받게 해줬다. 간호사는 나를 진료실 옆 작은 방으로 데려가서 내 손가락에 기계를 연결하고 그냥 앉아 있으면 된다고 설명했다. 나는 시키는 대로 가만히 앉아 있었다. 몇 분이 흘렀는지도 모르는 사이 검사는 끝이 났다. 진료실에 들어가자 의사는 검사결과에서 크게 이상이 없다고 이야기했다. 그 뒤로도 나는 증상에 대해서 자세히 이야기했고 의사는 내 이야기를 꼼꼼하게 들어주면서 약을 조절해줬다. 진료에 불만이 있었던 건 아니었지만 더는 증상이 나타나지 않자 의사와 상의 없이 약을 끊고 병원에 가지 않았다.

세 번째 병원은 2016년 가을, 회사 근처의 병원이었는데 당시 나는 히스테릭한 상사 밑에서 온갖 모욕과 스트레스를 받아가며 일을 배우고 있었다. 상사의 질책에 팔과 다리를 벌벌 떨다가 선택한 게 병원이었다. 의사는 크게 공감하는 말투로 나의 이야기를 들어줬으나 너무 친절하다는 인상이 강해서였는지 믿음이 가진 않았다. 의사에게 사무실에서 견디기 힘들 정도로 답답할 때면 칼이나 가위의 날을 빼 들고 있어야 마음이 안정된다고 고백했다. 의사는 불안증약을 처방해줬고 꼭 며칠 뒤에 다시 병원에 와야 한다고 거듭 나에게 약속을 받아냈다. 더는 병원 문을 여는 것이 의미가 없다고 판단한 나는 그날 병원을 나오면서 죽기로 결심했다. 고단했고 지칠 대로 지쳐있었다. 빠져 죽을 바다를 검색해보며 매일 밤을 보냈다.

세 번째 병원에 가기를 그만두고 죽기 전에 한 번이라도 비싸서 엄두를 못 냈던 상담치료를 받아보기로 마음먹었다(그땐 지역에서 진행하는 양질의 상담 프로그램이 있는지 전혀 몰랐다). 먼 곳까지는 힘들어서 도저히 갈 수 없겠다는 생각이 들어 집 근처의 프랜차이즈가 아닌 곳으로 고르고 골라 전화를 했다. 처음 상담소를 방문해서 선생님과 마주 앉으니 어디서부터 설명해야 할지 막막했다. 그렇지만 곧 지난 일들을 털어놓기 시작했고 선생님은 내 이야기를 찬찬히 들어줬다.

선생님에게 모든 것을 솔직하게 다 털어놓았지만, 집으로 돌아간 후 다음 상담 날짜가 돌아오기 전에 다시 연락해서 상담을 받지 않아도 될 것 같다고 이야기했다. 내가 겪는 일 정도는 누구나 겪는 일이고 그다지 아픈 일에 속하지 않는 것 같다고 말했다. 그러나 얼마 지나지 않아 상담을 다시 시작했다. 선생님은 내가 다시 상담을 받으러 올 줄 몰랐다고 했지만 난 인정해야만 했다. 내가 제정신이 아니라는 걸. 더는 사람들과 싸우며 살아갈 자신이 없었다. 선생님에게 그렇게 이야기하자 선생님은 아무 말 없이 날 바라봤다. 상담의 시작이었다.

제가 진짜 궁금하고 무서운 건
나아질 수 있느냐인데요.
나을 수 있나요, 제가.
얼떨결에 진심이 툭 튀어나와서 모두가 놀랐다.

_2016년 10월 22일 인스타그램

S.

언닐 처음 본 게 수업 쉬는 시간이었는데 나는 강의실 맨 앞자리에 앉아 있었어. 누가 강의실 앞문으로 들어오니까 내 옆에 있던 선배들이 그 사람에게 달려가 안기더라고. 이름을 부르며 안기고 팔짱을 끼는 선배들을, 언니는 익숙하게 안아주고 있었어. 나는 그 모습을 바라보다가 도대체 누구길래 저럴까, 되게 인기 많은 선배인가 보네, 생각했어. 그때까지 나는 언니가 우리 학과 조교일 거라고는 꿈에도 생각 못 했던 거지. 어느 날은 동기에게서 언니 이야기를 들었어. 그때 나는 사랑에 대해서 잘 모르겠다고 생각하고 있었는데, 동기는 언니라면 답을 알려줄 수 있을 것 같다고 했어. 그래서 나도 언니에게 호감이 있는 상태였고 종강파티

때 술도 먹었겠다, 언닐 보자마자 그냥 달려가서 안겨버린 거야.

내가 언니에게 사랑에 대해 물었을 때 언니는 다른 사람과는 달리 늘 사랑에 대해 생각하고 있었던 사람처럼 이야기했어. 내가 다른 사람들에게 사랑에 대해 물어볼 때마다 다들 그걸 어떻게 말로 표현할 수 있냐고 당황스러워했거든. 언니가 되게 다정하고 사람에게 정 붙이는 것도 잘한다는 생각이 들었던 게, 보통은 후배나 동생들이 먼저 '좋아요', '친해지고 싶어요'라고 말은 해도 진짜 친해지려고 다가오는 사람은 없잖아. 그런데 언닌 그렇지 않더라고. 먼저 영화를 보러 가자고 하거나 마실 걸 사주면서 잘 알지 못하는 날 엄청 챙겼어. 그리고 영화를 보던 그날도 우린 별로 친하지도 않은 상태였는데 언니가 자기 이야기를 먼저 막 하더라고. 그것도 힘들다는 이야기를. 처음엔 의아했는데 그렇다고 언니의 이야기를 듣지 않을 수는 없었어. 내가 동아리장을 맡았을 때가 생각났거든.

동아리장을 맡았을 때 나는 심한 우울증을 겪을 정도로 힘들었어. 친구들이나 다른 동기들에게 힘들다고 이야기해도 내 이야기를 제대로 들어주는 사람은 거의 없었지. 친한 친구에게도 상처받고 길바닥에 주저앉아 울고 그랬을 때였는데… 그때 알았어. 힘들 때는 누군가가 내 얘기를 들어주기만 해도 힘이 된다는 걸. 그리고 내가 그런 사람이 되어야겠다고 생각할 때쯤 언니를 만난 거야. 친하지도 않은 나에게 이런 힘든 얘기를 할 정도면 언니 주변에 사람이 없나보다, 그런 생각이 들었어. 방금까지 내가 지나온 힘든 순간을 언닌 지금 막 지나치는 중이니까. 내가 이 사람의 이야기를 들어주면 이 사람의 숨통이 트이겠구나, 그런 생각이 들더라고.

그 이후로 언니가 먹을 것도, 마실 것도 사주고 그랬는데 사실은 그게 좀 부담스러웠어. 어느 날 언니가 나에게 힘들지 않냐고, 언니의 힘듦이 나에게 옮겨올까 봐 걱정된다고 했는데, 아니라고 했지만 사실은 힘들었어. 심한 두통과 멀미를 느낄 정도로. 하지만 언니에겐 말하지 못했어. 다른 사람 같았으면 잘 거절했을 텐데 내가 언니를 지켜줘야 한다는 생각이 들었어. 내가 아니면 언니가 무너지지 않을까 하는 생각이 든 거지. 어느 정도의 부채감도 있었고. 언니가 나에게 이렇게 잘했는데 내가 그러면 안 된다는 생각을 하면서.

나.

우린 그때 좀 이상했던 것 같아. 종일 같이 붙어있으면서 혹시 서로가 더 힘들진 않을까 걱정하고 누군가 꼭 죽을 것처럼 굴었잖아. 나는 네가 죽을 것 같아서, 너는 내가 죽을 것 같아서 어쩔 줄을 몰라했던 나날들이었어. 실제로 죽을 사람은 없는데 그 정도로 서로가 지쳐있었어. 나는 일 때문에 사람 때문에 날마다 울고, 너는 그런 나 때문에 속상해하고. 중요하진 않지만 남들이 그때의 우리를 어떻게 봤을지 가끔 궁금하기도 해.

우리가 막 친해지기 시작했을 때 영화를 보러 갔었는데 아마 〈매드맥스: 분노의 도로〉였던 것 같아. 개인적으로 보기 힘든 영화였는데 같이 봐준 게 너여서 도중에 나오지 않고 끝까지 영화를 볼 수 있었어. 너는 나보다 어렸지만 왠지 언니 같다는 느낌을 지울 수가 없었어. 영화가 끝나고 잠깐 산책을 하다가 놀이터 벤치에 앉아서 무작정 내 이야기를 시작했는데, 대부분 조교 일을 하면서 힘들다는 이야기였어. 그 속에서 꼬이고 꼬여버린 인간관계들이 너무 힘들다고. 그런 아픈 이야기들을 쏟아내는 순간에도 나는 잘 모르는 애를 붙잡고 이런 이야기를 왜 하고 있는 건지 의문이

들더라고.

너에게 내 힘든 얘기를 다 하고 집으로 돌아가는 버스를 탔는데 이모 생각이 났어. 봄에 떠나버린 이모가. 어린이집에서 친구랑 싸우고 돌아와 시무룩하게 앉아 있으면 나를 말없이 안아주던 이모가. 자두맛 사탕을 쥐여주던 이모가. 아빠와 엄마 사이에서 조곤조곤 내 편을 들어주던 이모가. 아마도 나는 내 말을 묵묵하게 들어준 너에게서 어떤 다정함을 느꼈나 봐.

네가 나한테 사랑이 무어냐고 물어봤을 때 솔직히 당황했어. 그렇게 막연한 걸 물어올 줄은 몰랐거든. 하지만 꼭 대답을 해줘야겠다는 생각을 했어. 나에게 사랑은 나와 상대방을 찬찬히 들여다보는 일이라고, 다정하게 보듬는 일이라고 대답했어. 그리고 그 사랑을 감당하려면 그만큼 강하고 단단한 사람이 되어야 한다고 덧붙였어. 아마 이모를 떠올리고 한 이야기일 거야. 이모는 강하고 단단한 사람이었지만 병이 그것을 무력화시켰어. 나는 너에게 한동안 주정을 하듯 주저리주저리 떠들었지. 지금 와서 생각해보면 창피한 기억이다.

다시 나락으로 떨어지면 어떡하지

2014년 4월, 6개월간의 교리공부를 끝내고 세례를 받았다. 이모의 일이 일어난 직후여서 나는 신을 믿으면서도 믿지 않은 채로 세례를 받았다. 신에게 예비하심이 무엇이냐고 악에 받쳐 기도하면서도 제발 이모의 영혼을 보살펴달라고 울면서 기도했다. 그 뒤로는 악에 받쳐 기도할 때가 잦았다.

이모를 마지막으로 만난 것은 학부의 마지막 학기를 앞둔 방학 때였다. 엄마에게 이모가 서울 근교의 한방병원에 입원해서 치료 받고 있다는 이야기를 들었다. 당뇨와 뇌 질환 때문이라고 했다. 나는 그때까지만 해도 이모의 상태를 제대로 알지 못해서 병원으로 가는 길에 약간은 의아했다. 이모가 아프다는 걸 내가 몰랐다니 말이 되지 않는다고 생각하며 병원으로 향했다. 이모는 이모부와 함께 엄마와 나를 맞아주었다. 환자복을 입고 있는 이모의 모습이 낯설어서 나는 주춤했다. 이모의 느려진 말투와 어린아이 같은 눈망울, 나에게 어떤 이야기를 해야 할지 모르겠다는 듯한 표정과 몸짓이 눈에 계속 밟혔다. 엄마와 함께 이모와 그간 있었던 이야기들을 나눴는데 어느 순간 나는 울컥하고 말았다. 그리고 눈물을 멈출 수 없어 계속 울었다. 눈앞에 있는 이모의 모습이 내가 알고 있는 이모의 모습과 너무 달라서, 아픈 이모의 모습에 너무 마음이 아파서 참을 수가 없었다. 지금 와서 생각해보면 이모를 마지막으로 만났던 날 가장 후회하는 것이 그것이다. 나는 지금도 그날 마치 이모가 죽기라도 한 것처럼 속수무책으로 울어버린 것에 대해 큰 죄책감을 갖고 있다. 그날 이모와 웃는 얼굴로 서로를 봤어야 했는데, 이모가 곧 나을 거라는 믿음으로 이모에게 힘을 주고 왔어야 했는데, 숨을 쉬기도 힘들 정도로 울어버려서 이모와 주변 사람들의 마음을 아프게 만들었다. 그 후 몇 달 지나지 않은 어느 날 저녁, 이모의 소식이 날아들었다. 비보였다.

2016년 10월, 일주일에 한 번씩 상담치료를 받을 때마다 매번 눈물이 났다. 이모의 죽음 이후, 나는 누군가가 죽을 것 같다고 이야기하거나 그럴 것 같다는 느낌이 들면 견딜 수가 없어졌다. 모교의 후배들이 장난처럼 '죽겠다'고 말하는 것도 듣기가 힘들었다. 우울증을 앓는 여러 후배들을 만날 때마다 죽을까 무서워 손을 붙잡고 병원에 데려갔지만 정작 나는 병원에 가지 않았고 상담 선생님에게 그만 살고 싶다고 이야기했다. 죽고 싶다기보다는 삶을 정지시키고 싶은 느낌에 가까웠다. 나는 또다시 이모의 일과 같은 경험을 할까 봐 늘 전전긍긍했다. 선생님은 내가 울 때마다 말없이 지켜봐 줬다. 상담은 계속되었다.

누구에게도 말하지 못했던 부모님 이야기를 꺼냈다. 그때 나는 수 개월간 아빠와 대화를 나누지 않고 있었다. 처음엔 작은 일로 싸웠는데 시간이 지날수록 어릴 때부터 아빠에게 쌓였던 내 상처가 생각보다 깊다는 것을 깨달았다. 그 뒤로 오기가 생겨 아빠에게 인사를 하지도 받지도, 대답을 하지도 않았다. 엄마는 나에게 그러지 말라고 이야기했지만 그렇게 말하는 엄마가 더 미웠다. 아무에게도 이해받지 못하는 기분이 들었다. 그래서 상담시간만큼은 선생님에게 전적으로 의지하며 나를 다잡고자 노력했다.

하루는 선생님이 상담실 안에 아빠가 있다고 상상을 해

보자고 했다. 아빠가 내 옆 의자에 앉아 있다고, 그렇게 생각하면서 아빠에게 하고 싶은 말이 있으면 해보자고 했다. 선생님 생각에는 그렇게 하면 나의 아픈 마음이 조금이나마 풀릴 것으로 예상했던 것 같다. 하지만 시간이 흘러도 나는 입을 뗄 수 없었다. 나는 곧 선생님에게 말했다. 정말 거짓말이 아니라 어떤 말도 할 수가 없다고, 아빠가 내 옆에 앉아 있다는 생각만 해도 끔찍하다고, 안 하면 안 되냐고 물었다. 선생님은 내 반응에 적잖이 당황하는 것 같았다. 그리고 나에게 억지로 상황을 만든 것 같아서 미안하다고 했다. 나는 상상 속의 아빠에게도 끝내 말을 하지 못했다는 생각에 좌절했다. 곧이어 선생님은 굳이 아빠를 용서할 필요가 없다고 말했다. 단지 아빠를 미워하는 마음이 나를 갉아먹고 있으니 그것이 걱정된다고 했다. 확실히 그랬다. 나는 아빠뿐만 아니라 내 주위의 사람들을 미워하는 마음으로 스스로를 무너뜨리고 있었다. 대화를 통해 풀 수 있는 일에도 나는 사람들에게 다시는 보지 말자고 이야기했다. 그러니 점점 더 예민해졌고 쉽게 생활패턴이 무너졌고, 일에는 더더욱 집중할 수가 없었다. 나는 나를 둘러싸고 있는 모든 것을 허물고 그것을 지켜보며 절망하고 있었다.

다행히 상담을 하면서 기분 상태가 서서히 호전되었다. 처음으로 내가 나를 생각할 때 혐오스럽지 않았고 단단하게 나 스스로를 붙잡고 있는 느낌이 들었다. 이제 서서히 상담을 종료할 때가 오고 있다는 걸 느꼈다. 하지만 한편으론 걱정이 됐다. 상담을 종료하고 나면 다시 곤두박질칠 내가 무서워서였다. 언젠가 선생님은 내가 인간관계뿐만 아니라 삶 자체를 스위치 누르듯 생각하는 것 같다고 했다. 삶은 절대 온/오프(ON/OFF) 스위치와 같지 않다고 설명해주면서, 좋았다가도 안 좋아질 때가 있고 안 좋았다가도 좋은 순간이 오는 거라며 폭력적으로 스스로를 몰아가지 말자고 이야기했다. 선생님에게 말하지는 못했지만 난 그 이야기를 들으면서 그 진폭 때문에 내가 많이 지쳐있다고 생각했다.

어느 날은 선생님에게 솔직하게 내 마음을 고백했다. 상담을 통해 이렇게 좋아져도 다시 안 좋아지는 순간이 분명 올 텐데, 그 사실이 너무 무섭고 지겹다고 이야기했다. 그러자 선생님은 웃으며 가볍게 생각해보자고 했다. 안 좋아지면 다시 좋아질 거라고 생각하며 너무 무겁게 바라보지 말자고 했다. 그 이야기를 듣는 순간 심장이 내려앉는 것 같았다. 처음으로 선생님에게조차도 이해받지 못하고 있다는 기분이 들어서였다. 나라고 가볍게 생각하고 싶지 않을까. 이 두려움을 결국 나 혼자 만들어내고 있는 건가. 상담은 늘 선생님이 마무리했지만 그날은 내가 먼저 상담을 마무리하고 싶다고 이야기했다. 내 상태를 눈치챈 선생님은 서둘러 내게 사과했다. 자신이 내 말에 너무 안일하게 대답한 것 같다며 미안해했다. 나는 애써 괜찮다고 이야기했고 다시 상담 일정을 잡았지만 이후에 도저히 상담하러 갈 엄두가 나지 않아서 그만두었다. 선생님에게 계속 연락이 왔지만 받지 않았다. 7개월간의 상담치료는 그렇게 끝났다.

한 학번 위 선배였던 B언니는 학부 시절 시를 썼다. 그때 나는 언니를 잘 알진 못했지만 그녀의 시는 알고 있어서 학교 복도나 과방, 강의실에서 마주칠 때마다 열심히 인사를 했다. 언니는 부끄러움이 많아서 내 인사를 수줍게 받아주었다. 어느 날 언니와 어두운 복도에서 마주쳤는데 내게 시집 한 권을 선물로 줬다. 강연호 시인의 『세상의 모든 뿌리는 젖어 있다』라는 시집이었다. 나는 언니에게 고맙다고 인사했고, 그 뒤로 언니와 나의 뿌리는 꼭 그렇게 젖어 있을 거라고 생각하고 살았다.

졸업 후 사회생활을 하면서도 나는 언니와 가끔 만났고, 우리는 종종 알래스카에 가고 싶다고 중얼거렸다. 휴대폰으로 알래스카의 오로라를 검색해보며 술잔을 기울였다. 그 뒤 서로 바빠져서 만나기 힘들었지만, 나는 퇴근 후 지하철을 타고 집에 돌아오는 밤이면 언니가 홍대입구역 근처 술집에서 맥주를 마시고 있을 거라고 상상했다. 언니라면, 그게 꼭 그곳이 아니라 하와이나 알래스카였어도, 어딘가에서 이 시간쯤이면 맥주를 들이켜고 있을 거라고 상상하며 조용히 웃었다. 그런 언니의 뒷모습을 그리며 나는 내가 이곳에 존재하고 또 동시에 존재하지 않아도 될 것 같다고 생각했다.

새벽마다 '손목을 긋다'라는 문장이 내 머릿속을 떠나지 않았다. 사람들을 만나고 오는 길이나 그들과 있었던 일들을 다시 곱씹을 때마다 문장은 점점 더 세차게 머리를 뒤흔들었다. 내가 뭔가를 잘못하지 않았을까? 사람들이 나를 이상한 애로 보면 어쩌지? 문장이 떠오를 때마다 그 문장처럼 자해를 하고 싶진 않았지만 손목을 긋는다는 건 자해사고와 다를 게 없지 않나 생각하며 잠을 자고 밥을 먹었다. 가끔은 내가 외출한 사이 집에 불이 나서 동생이나 개가 죽을까 봐 무서웠다. 설거지를 할 때면 칼과 가위들이 나를 향해 덤벼들 것만 같았다. 어느 밤에는 괴로움에 몸서리치

다가 내가 사라지는 게 맞는 것 같다는 생각이 들었다. 의사에게 찾아가서 이런 증상을 이야기하자 크게 동요하지 않으면서 공황장애가 있는 것 같으니 약을 주겠다고 했다.

거실에서 빨래를 개다가 문득 내가 나인 게 이상하게 느껴졌다. 그리고 왜 여기에 앉아서 집안일을 하고 있는지 이해가 되지 않아 잠시 손을 거두고 멍하니 앉아 있었다. 조용히 거실에 앉아 있으니 엄마가 뭐 하고 있냐며 TV를 켰다. 주위가 소란스러워지자 상태는 차차 괜찮아졌다. 하지만 나는 자주 내가 나인 게 너무 이상해서 부르지 않아도 될 엄마를 괜히 부르고, 아무 맥락 없이 웃긴다는 듯 깔깔대며 웃었다. 그래야 조금은 내가 나인 게 실감이 났다. 종종 그렇게 밀려오는 이상한 기분에 점점 익숙해지자 내가 나로 존재한다는 게 너무 무감각해서 꼭 살아있어야 할 필요가 있을지 고민했다. 다른 사람들도 이런 고민을 하고 사는지 궁금했다.

어떤 날은 아는 언니와 카페에 앉아 이야기를 나누고 있었는데 갑자기 내가 뭘 하고 있는지, 여기에 앉아서 이야기하고 있는 게 누구인지 모르겠다는 생각에 울기도 했다. 언니는 당황해서 나를 달랬고 나는 언니에게 미안하다고 말하며 내 상태를 더듬더듬 설명했다. 내 기억에 나는 분명 크리스마스트리를 바라보고 있었는데, 점멸하는 불빛을 바라보며 불안하지만 아름답다고 생각했는데, 어느 순간부터 내가 그 곁에 둘러진 전구처럼 사라졌다가 나타났다. 나는 깜빡이는 나의 존재를 느끼며 선배 언니와 같이 검색해보던 오로라를 떠올렸다.

조교를 관뒀을 때, 친했던 후배들이 생일 겸 퇴사를 축하하는 파티를 열어줬다. 조교 일을 하면서 나는 많이 지쳐있었다. 평소에도 나는 일이 힘들 때마다 그 아이들이 날 놀리려고 학과 사무실 책상 아래에 숨어있다고 상상하거나, 우리끼리 재미없는 영화를 틀어놓고 서로에게 장난을 치던 때를 생각하며 견디곤 했다. 애들에게 항상 한강에 가서 치킨과 맥주를 먹고 불꽃놀이를 하자고 이야기했었는데, 파티를 하면서 다시는 그런 순간이 없을 것 같아 고맙다고 말하며 울었다.

겨울밤 나와 동갑인 유명 연예인이 스스로 목숨을 끊었다는 소식이 들렸다. 그의 죽음을 두고 많은 이들이 입을 열었다. 힘들었던 퇴근길마다 들었던 한 여자 가수의 노래가 사실 그가 쓴 곡이었다는 것을 알고 새삼 놀랐던 기억이 난다. 그가 써 내려간 가사와 멜로디가 다정하고 아름다워서 그도 분명 그런 사람일 거라고 생각했다. 바로 그 겨울부터, 아무도 날 부르지 않는데 뒤를 돌아보는 일이 잦아졌다.

내가 사라지기 전에 나를 가둬야 했어

2016년 10월, 상담치료와 약물치료를 병행하던 중 바다에 빠져 죽을 생각으로 은행 계좌를 정리했다. 많지 않은 잔고를 털어 편지와 함께 친한 동생에게 주기로 마음먹었다. 하지만 곧 그 애에게 몹쓸 짓이라는 것을 깨닫고 그만뒀다. 바다에 빠지는 일은 그 다음해 겨울까지 일이 바빠서 실행에 옮기지 못했다.

2018년 3월, 불현듯 유서를 썼다. 두 페이지 남짓한 글이었는데 대부분 부모님에 대한 원망이 적혀있었다. 부모님은 나와 동생을 사이에 두고 자주 싸웠다. 나는 유서에 더는 부모님과 함께 살 수 없다고 적었다. 그걸 쓰면서 마음이 홀가분해졌고 동시에 큰 슬픔이 밀려왔다. 나는 내 영혼이 몸 안에 갇혀버렸다고 생각했다.

4월이 되자 자살사고가 심해졌다. 학원 개강업무로 인해 정신없었던 겨울과 초봄을 견뎌내고 나는 4월 초 일주일간의 휴가를 받았다. 이미 녹초가 된 상태에서 받은 휴가였기 때문에 여행 계획이나 놀 궁리는 처음부터 하지 않았다. 그저 집에서 휴양하는 게 목표였는데 이상하게 잠을 못 자기 시작한 것도 그때부터였다. 처음엔 네 시간 정도를 잤다. 그리고 시간이 지날수록 두세 시간을 자면 다행인 날들이 이어졌다. 집 근처 정신과를 검색해 찾아갔다. 고등학생 때부터 이미 불면증과 우울증을 겪을 대로 겪어본 나에게 정신과를 방문하는 일이 큰일은 아니었다. 더군다나 지금은 잠을 좀 못 자고 조금 지쳤을 뿐, 우울하지도 무기력하지도 않으니까 나는 괜찮다고 생각했다. 일단 일을 계속해야 하니 병원의 도움을 받아야겠다고 생각했고, 병증이 심해지기 전에 병원을 찾은 내가 괜히 기특하기도 했다.

의사는 내 증상을 기록하더니 4주에서 6주 정도는 기다려야 약의 효과를 볼 수 있다고 했다. 약을 먹는 게 처음이 아니었는데도 그게 꽤 긴 시간처럼 느껴졌다. 내가 그때까지 잘 버틸 수 있을지 확신할 수 없었다. 혹시 몰라서 약을 봉투에 담아주는 간호사에게 약 이름을 적어달라고 부탁했다. 젊은 간호사는 한 손으론 전화기를 붙잡고 다른 한 손으론 내 약 봉투에 삐뚤빼뚤한 글씨로 약 이름을 적어주었다. 그 태도가 괜히 불쾌해서 집으로 돌아가는 길 내내 속으로 욕을 했다. 집에 돌아와 약 이름을 검색해보니 항우울제와 신경안정제였다.

휴가 기간에는 그나마 나았는데 일을 하면서도 불면증은 나아지지 않았다. 나의 체력은 곧 바닥을 드러냈다. 그때부터였다. 잠을 못 자면서 일상의 질이 급격하게 떨어지자 이젠 정말 죽어야겠다는 생각이 매 순간 계속됐다. 나는 평소에도 장난처럼 '망했다', '죽고 싶다'를 입에 달고 살았다. 이렇게 살 바에야 죽어버리는 게 낫다고. 나는 오래도록 깨지 않는 잠을 자고 싶었다. 포털사이트에 '자살'을 검색하자 생명사랑 캠페인 페이지가 떴다. '자살 방법'을 검색해도 마찬가지였다. 당신은 소중한 사람이라는 문구를 읽는 게 괴로웠다. 그런데 우울하진 않았다. 그땐 그게 평소와 다른 이상 신호였다는 걸 알아차리지 못했다.

엄마가 외출하자마자 반려견 까미가 내 침대 위에 오줌을 쌌다. 발에 느껴지는 따뜻하고 축축한 감촉에 나는 어서 일어나 치워야겠다고 생각했지만 그날 해가 지고 엄마가 돌아올 때까지 침대에서 일어나지 못했다. 아침 약도 침대 옆 화장대 위에 물과 함께 놓여있었는데 그것 역시 먹을 수 없었다. 침대를 정리하고 저녁 약을 챙겨주려는 엄마가 보지 않게, 먹지 못한 약을 베개 밑에 숨겼다.

5일에서 7일 간격으로 병원에 내원했고 내 상태를 자세하게 말했지만 의사는 무미건조한 목소리로 똑같이 말했다. 약의 효과를 보려면 4주에서 6주 정도 걸립니다. 약을 조절해 드릴 테니 (탁자 위 달력을 보며) 5일 후에 다시 오세요.

5월 중순, 4주에서 6주 정도 걸린다는 약효는 나타나지 않았고 의사는 약만으로는 해결이 안 되는 문제가 있다고 이야기하기 시작했다. 뭐라고 대꾸할까 생각하다가 암담해진 나는 결국 여기보다 큰 병원으로 가서 진료를 받아야겠다고 생각했다. 진료의뢰서를 받아서 대학병원에 초진 예약을 했다. 대학병원에서 진료를 받는다는 건 굉장히 지치는 일이었다. 예약 시간에 맞춰서 갔지만 초진 환자라 그런지 예진을 길게 보고 나서야 진료를 볼 수 있었다. 증상을 이야기하자 의사는 입원에 대해서 어떻게 생각하는지 물었다. 나는 입원이 왜 필요한지 되물었다. 자해 가능성이 있기 때문이라고 했다. 약을 처방받았고 일주일 뒤 다시 진료 예약을 잡았다.

5월까지 근무하기로 했지만 결국 퇴사일을 5일 정도 남겨 놓고 출근하지 못했다. 토요일이라 오전 근무를 하는 날이었는데 아예 뜬눈으로 밤을 새운 나는 침대에서 못 일어나겠다고 말하면서 엉엉 울었다. 엄마가 대신 학원에 전화를 해줬다. 더는 출근을 못 시키겠다고. 엄마의 떨리는 목소리가 들렸다. 나는 약을 먹고 겨우 잠이 들었다.

두 번째 병원 방문은 엄마와 함께였다. 그때 나의 진단명이 바뀐 걸 확인했다. 우울증인 줄 알았는데 양극성장애가 의심된다고 했다. 생각해보니 이전에 병원을 찾았을 때와는 분명 다른 패턴의 증상이었다. 의사는 약을 바꿔줬다. 엄마 앞에서 의사에게 죽고 싶다고 이야기하는 건 쉽지 않았다. 하지만 사실이었다. 나는 틀림없이 죽고 싶으니까. 천장에 걸려있는 행어를 보면, 물을 보면, 베란다를 내다보면 나는 죽고 싶으니까. 나는 조금 더 기력이 있다면 자살 계획을 실행에 옮길 것 같다고 이야기했다. 의사는 나와 엄마에게 입원에 대해서 어떻게 생각하느냐고 물었다. 또 집에서 나를 돌봐줄 가족이 있느냐고도 물어봤다. 나는 필요하다면 입원을 해야 할 것 같다고 대답했고, 그럴 수 있는 가족은 없다고 대답했다. 의사가 권리 고지가 적힌 서류를 내밀었다. 개방병동과 보호병동이 있는데, 나의 경우는 보호병동에 입원하는 것이 나을 거라고 이야기했다. 엄마는 당황한 목소리로 보호병동보다는 개방병동이 더 낫지 않겠냐고 물었다. 아마도 엄마가 생각하는 보호병동이란 억압적이고 폐쇄적인 곳이라는 인상이 강해서였던 것 같다. 의사는 잠시 말을 멈췄다.

"선생님은, 제가 개방병동보단 보호병동으로 가야 한다고 생각하시는 거죠?"

의사는 곧 그렇다고 말했고 나는 보호병동 대기자 리스트에 이름을 올려달라고 했다. 엄마는 울고 있었다.

지난겨울, 우리는 사진을 찍으면서
매화가 이렇게 예쁜 꽃인지 몰랐다고 입을 모았다.
한 친구는 내 피드에 꽃 사진이 올라올 때마다
힘들어하는구나 싶어
그때마다 내 안부를 물었노라고 고백했고
나는 세상에 내가 모르는 예쁜 것이 아직,
아주 많은 것에 놀랐다.
오늘은 어린이날 기념으로 신체를 훼손하고 싶어
피어싱을 다섯 군데 뚫었다.
기분 좋은 하루였다.

_2018년 5월 5일 인스타그램

인스타그램에 짤막한 글을 올렸다. 선배에게 무슨 일이냐고 카카오톡이 왔다. 별일 아니라고 얘기했다.

방문을 닫자 가족들이 있는 집에서도 충분히 죽을 수 있겠다는 생각이 들었다. 까미가 침대 위에서 날 쳐다보고 있었다. 눈물이 났다. 널 끔찍이 사랑해서 어떻게든 살아보려고 버텨봤는데 이젠 안 되겠다는 생각이 들었어. 미안해. 그렇지만 내가 너를 두고 가는 건 네가 미워서가 아니야. 그러니까 날 용서해줘.

6월 초, 퇴사 전에 계획했던 제주도 여행을 친구들과 다녀오기로 했다. 사실은 병동 대기자 리스트에 이름을 올리고 난 뒤여서 그사이에 자리가 나와 서울로 돌아가야 할까 봐 걱정이 됐다. 약으로 조절하고 있긴 하지만 아직 불안정한 내 상태도 마음에 걸렸다. 하지만 동행하는 친구 H가 의사여서 조금은 걱정을 덜고 제주로 향했다. 2박 3일 여행은 짧으니까.

"나는 제주에 오면 너무 행복해. 행복을 0부터 10까지 숫자로 나타낼 수 있다면 못해도 20, 아니 30은 된다고!"

흐흐 웃으며 언젠가 그런 말을 했던 기억이 어렴풋이 떠올랐다. 그러나 이번 여행은 달랐다. 내 즐거웠던 기억은 순식간에 처참하게 변질됐다. 20, 30의 행복감이 나를 겉돌고 있었다. 첫날엔 나름 계획대로 움직였으나 둘째 날엔 진작 잠에서 깼음에도 점심을 먹을 즈음에 겨우 일어나 씻고 제주에 사는 친한 언니에게 연락했다. 잠깐 볕이 드는 창가에 앉아 언니에게 선물 받은 책을 꺼내 읽다가 눈물을 흘렸다. 퇴사하고 제주도 여행을 오면 정말 좋을 줄 알았는데. 내 안에 들어와야 할 행복은 도무지 들어오지 않았고 나는 다시 한번 좌절했다. 나를 걱정하는 언니와 동네에서 다코야키를 사 먹었다. 먹는 내내 힘이 들어 숨을 몰아쉬었다.

지는 석양을 바라봤다. 나도 저렇게 지고 싶었다. 아예 태어나지 않았으면 좋았을걸. 끊임없이 날 짓누르는 죽음에 대한 생각과 기복을 견딜 수 없었다. 나는 이미 충분히 살았다는 생각이 들었다. 어느 노래 가사처럼 내가 죽으면 나를 비단으로 싸서 꽃과 함께 강으로 흘려보내 달라고, 제발 그렇게 해 달라고, 누군가에게 간절히 부탁하고 싶었다. 그만 놓아달라고. 나는 이미 충분히 살았으니까.

제주에서 김포공항으로 도착하자마자 나는 패닉에 빠졌다. 집으로 가는 방법으로 지하철을 포기하고 버스를 선택하면서 일행들과 헤어졌다. 그리고 나는 즉시 카카오톡을 탈퇴했다. 지금 당장 한강에 빠지자. 빠져 죽어버리자. 그러지 않으면 숨이 막혀 죽을 것만 같았다. 눈물이 쏟아졌다. 몸을 가누기 힘들어 가까스로 앉을 데를 찾아 앉았더니 옆에 있던 여자가 울고 있는 나를 힐긋힐긋 쳐다보는 게 느껴졌다. 곧 아는 언니에게서 전화가 왔다. 왜 카카오톡을 탈퇴했냐고 무슨 일이냐고 묻기에 별일 아니라고 얘기했고 통화는 금방 끝났다.

나는 공항버스를 기다렸고 택시도 기다렸다. 이대로 버스가 아니라 택시가 먼저 온다면 그 택시를 타고 한강에 가겠다고 다짐하며 기다렸다. 그때, H에게서 문자가 왔다.

"집 가면 연락해."

휴대폰 화면을 멍하게 바라보고 있자니 조금 뒤 다시 문자가 왔다.

"아무리 힘들어도 이건 아닌데."

문자를 보고도 무시했다. 아무리 힘들어도 이게 아닌 건 없다. 내가 한다면 하는 거다. 카카오톡을 탈퇴하려면 탈퇴하는 거고 죽으려면 죽는 거다. 뭔지 모를 배신감과 서운함이 한꺼번에 밀려들어 울음이 더 커졌다. 하지만 이럴 정신이 없었다. 이미 내 안에서 집에 도착하기 전에 죽어야 한다는 생각과 엄마에게 돌아가야 한다는 생각이 대등한 힘으로 싸우기 시작했고, 나는 결정을 내려야만 했다. 그날은 엄마의 생일이었다.

곧이어 택시 한 대가 내가 있는 곳도 아니고 멀리 떨어진 곳도 아닌 어중간한 곳에 정차했다. 이 무거운 짐을 끌고 도저히 그곳까지 걸어갈 수 없다고 생각하자 신경질이 났다. 지쳐서 목소리도 나오지 않았다. 결국 나는 일단 엄마에게 돌아가야겠다고 생각했다. 그렇지만 이대로 돌아간다면 퉁퉁 부은 눈과 멈출 수 없이 터져 나오는 울음에 대해서 가족들에게 설명할 자신이 없었다. 어느새 집 근처로 가는 공항버스가 눈앞에 나타났다. 아, 어쩌면 좋을까. 짐을 실어주는 아저씨가 나에게 목적지를 물은 다음 내 짐을 화물칸에 실었다. 나는 눈물을 쏟아내며 버스에 올라탔다. H는 계속 연락을 해왔다. 이대로 연락이 되지 않는다면 부모님에게 알릴 수밖에 없다고까지 했다. 나는 할 수 없이 그녀에게 응급실로 가겠다고 답장했다.

인터뷰1:

내가 병동에 입원한다는 소식을 듣고 어떤 생각이 들었어?

H: 나는 너와 응급실에 함께 있었지. 제주도 여행을 마친 직후에. 사실 여행 내내 불편해 보였어. 하지만 그 정도의 변화는 전에도 많이 보아왔다고 생각해서 특별히 걱정은 하지 않았어. 그런데 서울로 돌아와서 집으로 돌아가는 길에 모든 것이 짜 맞춰진 기분이 드는 거야. 카카오톡을 탈퇴했던 것도 예전에 수차례 있었던 일이라서 크게 놀라지 않았는데 이번엔 좀 다르다는 생각이 들었어. 여행이라는 이벤트가 있고 나서 카카오톡을 탈퇴한 것이기 때문에 그대로 두면 안 되겠다는 생각을 했지.

너의 여행 목적을 내가 잘못 생각했었다는 생각이 스쳤어. 가기 전엔 나아지기 위해 여행을 가는 거라고 생각했는데 돌이켜보니 '끝'에 가까운 느낌이 드는 거야. 그날 유난히 강하게, 심하게 그런 느낌이 들었어. 엄청 엄청 무거운 역기를 드는 느낌. 물먹은 솜을 들어 올리는 느낌. 연락이 되지 않는 시간 동안 일분일초가 너무 무거웠어. 그런데 어떻게든 너를 막을 수 없을 것 같다는 생각이 들더라. 어느 순간부터 우울이나 죽음에 대한 이미지가 곧 너라고 생각했거든. 그래서 재가 왜 그러지? 그런 생각을 가져본 게 정말 오래된 일인 것 같아.

S: 응급실에서 병동으로 이동하기 직전에 나한테 연락이 왔어. 언니는 들어간다고만 이야기했고 나중에 연락하겠다고 짧게 대화를 나눴지. 그때 올 게 왔구나 싶었어. 제주도 가서 잘 있다가 올 줄 알았는데 그게 잘 안됐나 보다 싶어서 안쓰러웠어. 무기력한 와중에도 언니가 스스로 잘 지내보겠다고, 나아져 보겠다고 기대하며 제주에 간 건데 그래서 더 크게 허망함을 느낀 게 불쌍했어. 마지막 보루가 무너진 듯한 느낌이랄까. 한편으로는 오히려 외부랑 차단되면 언니가 편하지 않을까 싶기도 했지. 밖에서 분투하느니 차라리 단절된 공간에 있는 게 더 안전하다는 생각이 들어서 걱정을 많이 하진 않았어. 그곳은 무언가를 시도할 수 있는 환경이 아니니까. 누가 옆에서 계속 지켜보고 있고, 약을 꾸준히 먹을 수 있는 상황이니까. 병동에 입원하는 일을 별것 아닌 것처럼 대해주고 싶었어.

J: 네가 예전에 보호병동에 들어갈 수도 있을 것 같다고, 그래야 할 것 같다고 처음 얘기를 꺼냈을 때 나는 네 상태가 괜찮아져서 안 들어갔으면 좋겠다고 생각했어. 그날, 병동으로 들어간다고 얘기할 때는 이미 스스로 그래야 한다고 생각해서인지 아니면 걱정할 나를 안심하려 했는

지 너는 너무 의연하게, 덤덤히 이야기했지. 입원해야 한다는 사실이 속상했지만 나도 곧 받아들일 수밖에 없었어. 보호병동에 대해 부정적인 이미지는 있었지만 네가 스스로 선택한 일이라 좋게 생각하기로 했어. 그리고 괜찮을 거라고 믿었어. 잘 다녀오겠다고 말했으니까, 씩씩하게.

W: 그날 당일에 알지는 못했고 친구들을 통해서 뒤늦게 알게 됐어. 언니가 입원했다는 이야기를 들었을 때, 자살 시도를 할 뻔했다는 얘기를 들었을 때 내가 어떻게 반응해야 하나 고민했어. 이미 일어난 일이지만 내가 겪어본 적은 없는 일이니까 올 게 왔구나 싶었지. 그리고 언니가 그렇게 될 동안 나는 뭐 했나 싶어서 죄책감이 들었어. 사실 하루하루가 불안했어. 언니는 항상 아슬아슬한 선에 서 있었으니까. 그리고 언니가 과거에 S와 싸우고 바다에 갈 생각을 했던 걸 알았기 때문에 더 그랬지. 그땐 언니가 입원했던 곳이 보호병동인지도 몰랐고 그 공간이 어떤 곳인지 몰랐으니까, 이제 안전하다는 생각보다는 정말 사라지면 어떡하지, 죽으면 어떡하지, 하는 생각이 들어서 무서웠어.

A: 나는 네가 이미 병동에 들어간 다음에 소식을 들었어. 그

때 나도 심적으로 힘든 시기였는데 소식을 듣고 나니 싱숭생숭했던 것 같아. 엄청 걱정되기보다는 이미 입원을 했다고 하길래 오히려 안도했고, 어떻게 입원하게 된 건지를 물었던 기억이 나. 그 소식을 전하는 네 목소리는 오히려 밝았던 것 같아.

그날보다는 예전에 네가 자살충동이 느껴지는 것 같다고 자살예방센터인지 어딘지에 전화를 걸었던 출근길 기억이 더 선명해. 사회복지를 전공하고 친구들의 상담에는 자신이 있던 나였는데 아무것도 할 수 없다는 데서 무력감을 느꼈던 것 같아. 그래도 배운 게 있다고 '자살'을 검색해 가장 먼저 나오는 전화번호로 전화를 걸었는데, 곧이어 딱딱한 안내음성이 나왔어. 전화를 받은 상담원은 그 흔한 인사말 하나 없이 기계처럼 질문을 하는 거야. 내가 그 모든 질문을 무시하고, 친구가 자살충동이 든다는데 어떻게 해주는 게 좋을까요? 제가 뭘 할 수 있을까요? 지푸라기를 잡는 심정으로 질문했는데, 이어지는 대답은 그냥 의미 없이 공기 속에 흩어져버렸어. 내가 자살을 마음에 품고 전화를 건 사람이라면 과연 이 사람들이 말 한마디로 날 살릴 수 있을까? 이 사람들은 가까운 가족이나 지인이 자살충동을 겪어도 이렇게 건조하게 말할까? 그런 생각을 하며 분노했던 기억이 나. 나는 아무것도 할 수가 없었어. 그저 너의 이야기를 들어주는 것밖에는.

2.

누구보다 죽고 싶지만 누구보다 살고 싶어서 여기 왔으니까

엄마는 떡케이크를 먹었을까

제주를 떠나던 날, 아침에 통화한 엄마의 목소리는 밝았다. 엄마는 친한 아주머니가 엄마를 위해 떡케이크를 맞춰줬다는 이야기를 하며 얼른 돌아와서 같이 밥을 먹자고 했다. 나는 무기력하게 숙소에 앉아 마당으로 난 창을 바라보며 알겠다고 대답했다.

병원 응급실에 도착하자 입구에서 H가 날 기다리고 있었다. H는 부모님 대신 나의 보호자 역할을 하며 내 곁을 지켰다. 손목에 링거 바늘이 꽂히고 간호사와 의사 몇 명이 번갈아 가며 찾아왔다. 나는 침대에 누워서도 죽고 싶다며 발을 굴렀다. 그때 보호자 두 명이 오고 있다는 이야기가 간이침대의 커튼 뒤에서 들렸다. 엄마는 떡케이크를 먹었을까. 엄마는 떡을 좋아하는데, 그걸 먹고 행복했을까. 얼마 지나지 않아 부모님이 응급실에서 날 찾아냈다. 나율아, 하고 나직하게 부르는 목소리에 나는 아이처럼 안겨 엉엉 울어버렸다. 부모님은 내가 놀랄까 봐 짐짓 속상한 표정도 짓지 못하고 연거푸 내 이름을 부르며 날 안아줬다. 다정한 부름이었다.

응급실에서 열여덟 시간 정도를 보낸 후에야 보호병동으로 이동할 수 있다는 이야기를 들었다. 밤새 내 옆을 지키던 엄마는 내가 춥다고 하자 시트를 하나 더 얻어 와서 덮어준 뒤 쪽잠을 자고 있었다. 내 침대가 천장 에어컨 바로 아래에 있어서인지 시트 두 장을 덮어도 추웠다. 결국 나는 평소 습관처럼 시트를 머리끝까지 올리고 잠들었는데 잠깐 잠이 깼을 때 아빠가 타박하는 소리가 들렸다. 처음엔 의아했지만 곧 아빠의 눈에 그 시트가 어떻게 보였을지 깨달았다. 아빠는 춥다는 나에게 자신의 겉옷을 덮어주며 보호병동으로 이동하는 내내 침묵을 지켰다.

병동 1인실엔 차가운 기운이 감돌았다. 플라스틱 세면대와 깨지지 않는 거울, 줄이 짧은 샤워기와 변기가 있는 화장실, 그리고 침대 하나가 전부였다. 간호사님과 보호사님이 침대 시트를 갈아주고 환자복을 내주며 옷을 갈아입으라고 했다. 천장에 매달려있는 CCTV 세 대가 보였다. 병실 문에는 조그마한 창이 나 있었다. 쇠창살 같은 건 없었다. 나는 간호사님에게 손에 꽂혀있는 링거 바늘을 뽑아달라고 했다. 다른 쪽 손목에는 이름과 병록 번호가 부착된 팔찌가 채워졌다. 부모님은 딸을 정신과 보호병동에 입원시키며 담담하게 주의사항을 들었고 곧 주치의 선생님과 면담을 시작했다. 그날 부모님이 울지 않아서 다행이라고 생각했으나 이후 집에 돌아가서 남동생에게 들은 이야기는 그와 달랐다. 그 이야기를 듣고 나도 울 수밖에 없었다.

> 약을 먹어도 자살충동이 가라앉지 않아 이불을 뒤집어 쓰고 엉엉 울었다. 마침 면회를 온 엄마에게 엄마는 왜 나를 병원에 두고도 한 번도 울지 않느냐고 물었다. 뭐가 그렇게 좋아서 항상 웃는 얼굴이냐고. 엄마는 아무 말도 하지 않았다.
>
> _2018년 6월 9일 일기

병실에서의 첫날은 내내 누워 잠만 자다가 담당 교수님

과 주치의 선생님이 방문했을 때 겨우 몇 마디를 내뱉은 게 전부였다. 무기력하고요. 네. 네. 아니요. 우울하진 않아요. 그냥 죽고 싶어요. 간호사님이 내 손에서 링거 바늘을 뽑고 (원래는 모든 환자가 정신요법실에서 함께 식사하는 것이 규칙이지만) 병실로 식판을 가져다주었다. 병원 밥은 역시 맛없었다. 나는 다시 깊은 잠에 빠졌다.

식사 시간엔 줄을 서서 내 이름이 적힌 식판을 받아 사람들과 함께 밥을 먹었다. 첫날만 1인실을 쓰고 그다음 날 바로 운 좋게 2인실로 이동했는데 하루에도 큰 비용이 청구되는 1인실을 쓴 게 어쩐지 부모님에게 죄스러웠다. 2인실엔 CCTV가 없었다. 1인실은 창 너머로 공원이 내다보이는 곳이었는데 2인실은 창밖이 온통 공사 현장이어서 별로였다. 바깥 구경을 하고 있으니 곧이어 담당 교수님과 주치의 선생님이 회진을 돌았다. 지난밤 약을 먹고 자려고 누웠을 때 다리가 불편해서 힘들었다고 하니 약의 부작용인 것 같다며 약을 조절해주겠다고 했다. 선생님들이 떠나자 그제야 나는 도대체 여기가 어디고 누가 나랑 같은 병실을 쓸 것인지, 내가 이곳에서 혼자 뭘 할 수 있는지 의구심이 들어 불안해지기 시작했다. 밥을 먹고 아무 활동에도 참여하지 않은 채 병실에서 잠만 자고 있었는데 누군가가 나를 내려다보는 느낌이 들어 화들짝 놀라 깼다. 같은 병실을 쓰게 된 할머니가 나를 내려다보고 있었다. 새로 들어온 아가씬가 보네. 그게 할머니의 첫마디였다. 나는 짧게 인사하고 다시 잠에 빠져들었다.

병동은 크게 안정실과 1인, 2인, 3인 병실로 이루어져 있고 거실과 요법실, 치료실, 면담실, 간호사실로 나뉘어 있었다. 이곳 사람들은 나와 같은 자살시도자(자살이나 자해 가능성이 있는 환자도 자살시도자로 분류하고 있었다)와 기분장애, 분노조절장애, 조현병, 혹은 초기 치매 증상으로 입원한 환자들이었다. 사람들은 대부분 내가 상상했던 것보다 훨씬 더 차분하고 친절해서 새로 들어온 나에게 곧잘 인사해주고 아는 척을 했다. 내 또래로 보이는 환자는 별로 없는 듯해서 아쉬웠다.

아마도 교포인 걸로 보이는 아저씨와 삼십 대 초중반으로 보이는 언니는 주로 탁구를 쳤다. TV로 뉴스와 맛집 프로그램을 보는 거실의 할머니들, 식후 소화를 위해 병동 안을 빙빙 돌며 걷는 사람들이 대부분이었다. 병실에서 나오지 않고 식사를 챙겨 먹지 않아 간호사님과 보호사님이 식사를 권하는 환자들도 있었다. 반대로 간호사님과 보호사님에게 끊임없이 말을 걸거나 질문하는 사람들도 있었다. 처음으로 이곳이 완벽하게 세상과 차단된 공간이라는 생각이 들었다.

S

나 꿈을 꿨는데
야훼가 왔다고 해서 다들 구경 나갔어

근데 야훼가 모습을 나타냈는데 여자였고
모여 있는 사람들이 무슨 대단한 걸 바쳤는데

야훼가 무슨 짓을 한 건지 사람들이 갑자기 눈이 풀리면서 죽었어
근데 사람이 진짜 많았거든

전 세계 사람들이 다 죽었는데
나만 안 죽고 살아있는 거야

야훼 취향의ㅋㅋㅋㅋㅋㅋ 건물들이 하늘에서 하나씩 내려왔어 〈천공의 성 라퓨타〉처럼 나는 그냥 옆에서 보고 있었는데

갑자기 야훼가 언니로 변하는 거야

그래서 '뭐야 왜 언니가 야훼야' 이러니까

나 

야, 그럴 수도 있지! 왜냐니!

S

자기는 사실 야훼인데

세상의 고통을 다 알아야 하기 때문에 가장 예민한 자로 태어날 수밖에 없었대

_S와의 카카오톡 대화 중에서

반입불가 자살불가

성냥, 라이터, 담배, 가위, 칼, 손톱깎이, 면도기, 거울, 유리병, 병따개, 캔 음료, CD, 개인 지참 약, 긴 목걸이, 긴 끈, 카세트 코드, 긴 샤워타월, 샤워볼, 휴대폰, 현금, 전화카드, 교통카드, 신용카드, 거울, 껌, 커피, 사복, 노트북, 가방, 필기구, 그 외 날카롭거나 목을 맬 수 있는 긴 물건 등

_병동에서 고지한 반입불가 물건 목록

병동엔 약 스무 명의 환자가 생활하고 있었는데 누군가 퇴원을 하면 바로 다음 입원 환자가 들어왔다. 나처럼 간이 침대에 누운 채 응급실에서 병동으로 바로 들어오는 환자도 있었고, 미리 준비해놓은 건지 많은 짐을 싸 온 환자들

도 보였다. 나는 보호병동에 이렇게 많은 대기자가 있다는 게 한편으론 놀라웠고 한편으론 기분이 이상했다. 개방병동 역시 자리가 쉽게 나지 않아 들어가기 어렵다는 이야기를 들었다. 이때까지 나는 정신과 병동에 입원한 사람의 이야기를 본 적도, 들은 적도 없었다. 얼마나 많은 사람들이 정신과 진료를 받는다는 사실을, 병동에 입원했었다는 사실을 쉬쉬하고 있을까. 얼마나 스스로를 모른 척하고 있을까. 그렇게 생각하자 나도 별수 없을 것 같다는 생각이 들어 가슴이 답답해졌다.

저녁 약을 먹고 병실에서 일기를 쓰고 있는데 할머니가 주섬주섬 자신의 짐을 뒤지더니 긴 샤워타월을 꺼냈다. 어떻게 들키지 않았지? 병동에서는 만일에 대비해 일주일에 세 번씩 환자들의 짐을 검사하는 시간이 있었다. 순간 나는 멍해져서 “그걸 쓰시게요?” 하고 물었고 할머니는 등에 손이 닿지 않아서 답답하다며 멋쩍게 웃고는 화장실로 들어갔다. 그 모습을 본 나는 걷잡을 수 없이 불안해지기 시작했다. 병동으로 들어오기 전, 화장실에서 목을 맬까 생각해 본 적이 있기 때문이다. 만약 할머니가 자는 틈에 내가 저 샤워타월로 목을 조르거나 매달면 어쩌지. 나는 무서워서 할머니가 화장실에서 나오는 걸 확인하자마자 바로 간호사님에게 긴 타월의 존재를 알렸다. 간호사님은 서둘러 화장실에 걸려있는 샤워타월을 치웠다. 얼마 지나지 않아 타월이 없어진 걸 확인한 할머니가 거실로 나와서 샤워타월을 쓰게 해달라며 뭐라고 뭐라고 막 소리를 질렀다. 간호사님이 할머니에게 주의를 줬으나 할머니는 그래도 쓰게 해달라고 떼쓰듯 말했다.

"죽으려고 하면 수건으로도 목을 매지."

순간적으로 튀어나온 할머니의 그 말에 내 곁에 서 있던 간호사님은 어찌할 바를 몰라했다. 간호사님이 서둘러 나에게 말을 건넸지만 난 그대로 병실로 돌아와 이불을 뒤집어썼다. 엄마가 챙겨주는, 유독 두꺼워 손으로는 찢을 수 없는 수건이 떠올랐다. 할머니 말대로 수건으로라도 목을 맬 수 있다면 얼마나 좋을까. 거실에 울려 퍼지는 할머니의 목소리에 온몸이 떨렸지만 간호사님에게 이르길 정말 잘했다고 생각했다.

그날 꿈에서 나는 할머니의 긴 타월로 목을 매는 나를 지켜보고 있었다. 화들짝 놀라 깼는데 꿈이 너무 또렷해서 신경질이 났다. 다시 잠들기 위해 눈을 감았지만 타월의 감촉이 더 생생하게 느껴지는 듯했다. 나는 결국 자리에서 일어나 간호사실에서 당직을 서고 있는 보호사님에게 달려갔다. 그리고 당장 병실을 바꿔달라고 소리쳤다. 당황한 보호사님이 그건 지금 할 수 없다고 나를 진정시키려 했지만 나는 결국 욕을 내뱉고 말았다. 순간 안정실에 들어갈지도 모른다는 생각이 스쳤다. 다행히 그렇게 되진 않았지만 밤새 제대로 잠을 자지 못했다.

다음 날 아빠가 먼저 면회를 왔다. 아빠에게 지난밤에 있었던 일을 이야기하며 퇴원하고 싶다고 이야기했다. 울지 않고 이야기하고 싶었는데 그게 잘 안됐다. 많은 환자들이 함께 생활하는 곳이니 예상치 못한 일이 일어날 수도 있을 거라고 생각은 했지만, 이런 일 때문에 이곳에서의 생활을 포기해야 하는지 고민하는 게 너무 싫었다. 묵묵히 내 말을 듣던 아빠는 주치의 선생님에게 면담을 신청했고 곧 면담실로 들어갔다. 잠시 후 면담실을 나온 아빠의 목이 빨개져 있었다. 주치의 선생님은 지난밤 그런 일이 있었는지 제대로 듣지 못한 모양이었다. 선생님은 나에게 더는 그런 일이 발생하지 않도록 더 철저히 주의시키고 관리하겠다고 약속했다. 화가 풀리진 않았지만 당장 병실을 옮긴다는 건 현실적으로 불가능한 일이고, 이곳 환자가 나만 있는 것도 아니어서 나는 이성적으로 생각하자고 다짐했다. 알겠다고 대답하니 주치의 선생님이 오늘은 기분이 어떠냐고 물어왔다. 머리가 이상해지는 느낌이었다.

어제보다는 기분이 조금 나은 것 같아요.
그제보다는 조금 못한 것 같고….
어젯밤에 조금 불안해서
응급약을 먹었는데 그러고는 잘 잤어요.
꿈을 꿨는데 병실 화장실에서 본 타월로
목을 매는 꿈이었어요.
그런데 목을 매자마자 타월이 끊어져 버린 거예요.
꿈에서도 죽는 걸 실패하니까…
그게 분해서 그 타월을 먹어버렸어요.
그런데 그 타월이 입 밖으로 계속 튀어나오는 거예요.
마술처럼. 분수처럼.
꿈에서도 나는 못 죽는구나 싶어서,
이젠 진짜 포기해야 하나 그런 생각이 들더라고요.

_샤워타월 사건 이후 면담실에서

인터뷰2:

보호병동에 대해 어떤 생각을 갖고 있었어?

H: 보호병동 환자에 대해 전반적으로 파악이 되기 전에, 나는 이미 우리 과에 의뢰되는 환자를 통해 편견이 생겨버린 느낌이었어. 편향된 경험 때문에 오히려 아무런 경험이 없을 때보다도 편견이 생겨버린 느낌이랄까. 보호병동에서 의뢰되는 환자는 '통증'에 대한 검사와 치료가 필요한 경우가 많았어. 문제는 이 환자들이 호소하는 통증의 원인이 폐렴이나 장염처럼 뚜렷한 원인을 찾기가 어려운 데다가, 치료도 잘 안 되는 경우가 많다는 거야. 내가 가진 보호병동에 대한 인식은 '어떻게 손댈지 모르겠는 난제를 안고 있는 환자들이 있는 곳' 혹은 병원 밖에서 보는 사람들의 인식에서 크게 다르지 않은 '조현병 환자가 많은 곳'이었어.

A: 솔직히 살면서 한 번도 깊이 생각해본 적 없었어. 영화나 드라마에 나올 것 같은 느낌이었고, 보호병동에 대한 생각보다는 흔히 '정신병원'이라 불리는 정신과 병원에 대해 생각했지. 고등학교 때 네가 우울증을 치료할 병원을 알아볼 때 처음 떠올렸던 것 같은데 그때도 별 느낌은 없었

고, 그냥 '내 친구가 안 힘들었으면 좋겠다' 정도의 느낌이었어. 사회복지를 전공했으니까 그렇게 낯선 느낌도 아니었고, 강의시간에 시청각자료로 자주 봐서 그런지 보통의 병원에서 치료받는 것과 똑같이 느꼈어. 나는 약간의 강박증과 불안증세가 있는 엄마 밑에서 자랐거든. 나중엔 엄마도 치료를 받았고 주변에 점점 치료받는 사람들이 늘어서 나에겐 그냥 '병원'이었지. 나도 이상증세를 한 번 느꼈을 뿐인데 타인의 시선이나 미래의 불이익 같은, 사회적으로 쉬쉬하는 이유들을 생각하지 않고 바로 정신과를 갔던 이유가 어쩌면 그것인지도 모르겠어.

J: 가끔 막장 드라마에서 멀쩡한 사람을 보호병동에 강제로 입원시키거나 가두는 장면들이 나올 때면 너무 자극적이고 터무니없는 일이라 생각했어. 하지만 막상 보호병동을 생각하니까 그런 이미지들이 가장 먼저 떠오르는 거야. 실제로 보호병동은 그런 곳이 아닌데도 은연중에 그런 부정적인 이미지들이 내 머릿속에 자리하고 있다는 사실에 섬뜩하더라. 아직도 사람들에게 보호병동보다는 폐쇄병동으로 더 잘 알려져 있는데, 그 '폐쇄'라는 단어가 풍기는 느낌도 부정적이라고 생각했어. 어떤 식으로든 보호병동이 가볍게 쓰이지 않았으면 좋겠어.

W:　　안 좋은 편견 같은 건 없는 편이었어. 철창 같은 건 영화에서 본 설정이라 있을 수도 있겠다고 생각했지만 공간만 떠올린다면 어린이집 같은 공간이라고 생각했지. 거실 중앙에 큰 소파가 있고 놀이 공간 같은 게 꾸며져 있지 않을까. 흰 벽지와 환자 침대를 상상했어. 그런데 창문이나 바깥으로 나갈 수 있는 문은 하나도 없을 것 같았어. 거기까지 상상이 닿을 때면 조금 무서운 느낌은 들기도 해.

K:　　이전에는 보호병동이란 말을 몰랐어. 보호병동이라는 말만 딱 들었을 땐 안락한 요새 같은 느낌이잖아. 하지만 보호병동이란 말은 잘 쓰지 않고, 보통 폐쇄병동이나 정신병원이라는 말을 많이 쓰기 때문인지 부정적이고 폐쇄적일 거라는 이미지가 떠올랐어. 영화 같은 데서 봤던, 환자의 팔을 묶어서 칭칭 감아놓거나 하는 장면들 말야. 또 최근에 어느 예능 프로그램에서 보호병동이라는 공간을 탈출해야 하는 공간으로 희화화했던 것이 생각났어. 내게 보호병동은 그런 이미지였는데 언니가 그곳에 갔다고 하니까 처음으로 그곳이 사람이 사는 공간처럼 느껴지더라. 내가 아는 사람이 거길 갔다고 하니까 미디어에 노출된 이미지가 아니라 현실의 병원으로 보였어.

병동에서의 시간은 아주 느리다. 책을 읽거나 TV를 보는 건 금방 질렸다. 그래도 교포 아저씨가 건네주는 굿모닝, 굿애프터눈, 굿이브닝, 굿나잇 인사들과 (아저씨는 이런 인사를 하루에 50번 정도 했다) 내 나이를 물어오며 간식을 나눠주는 언니들이 있어서 조금 나았다. 어느 날은 거실에 멍하니 앉아 있다가 도저히 안 되겠다는 생각이 들어서 탁자 밑에 있는 퍼즐을 꺼내 맞추기 시작했다. 조금씩 맞추고 있다가 고개를 드니 나보다 하루 늦게 들어온 여자아이가 내 옆에 앉아 있었다. 나는 망설이다가 그 애에게 같이 해보겠냐고 물었다. 내가 병동 사람에게 먼저 말을 건넨 최초의 일이었다. 순간 대답을 하지 않으면 어쩌지 긴장했는데 그 애는 같이 해보겠다고 했다. 나는 기쁜 마음을 내색하지 않고 토토로의 입이 그려진 조각을 다시 찾아 헤맸다.

덧니가 난 간호사님이 곧 그 조각을 찾아주었다. 어벤져스, 스누피, 슬램덩크 등 병동의 모든 퍼즐에는 아무리 찾아도 절대 찾을 수 없는 조각들이 꼭 하나씩 있었다. 그때마다 그 간호사님은 대수롭지 않게 조각들을 찾아 하나씩 건네주었는데 조금 분했다. 같이 퍼즐을 맞췄던 여자애는 나와 같은 20대여서 이후 언니 동생으로 친하게 지내게 되었다.

아침마다 정해진 시간에 실내자전거를 타는, 20대로 보이는 동생이 한 명 있었는데 간호사님들과 유독 각별하게 지내는 것 같아서 늘 신기해하고 있었다. 어느 날은 복도 소파에 앉아 있는데 그 동생이 나를 홱 돌아보더니 인상을 찌푸렸다. 내가 뭘 잘못했나 싶어서 당황스러웠는데 나중에 알고 보니 내가 자기를 별로 안 좋아하는 것 같다는 인상을 받아서 그런 거라고 했다(나는 무표정일 때 화나 보인다는 이야기를 종종 듣는다). 아무튼 오해가 풀린 건지 먼저 말을 걸어준 것도 그 동생이었는데 나 같았으면 도저히 할 수 없는 일이라서 용기를 내어 말을 걸어준 게 고마웠다. 그 동생은 입원이 처음이 아니라서 병동 생활에 대해 아주 잘 알고 있었다. 나중에 우리가 더 친해졌을 때 그 동생에게 '병원 ○○○ 선생'이라고 호를 붙여주며 놀았다.

퍼즐을 맞춰도 시간이 가지 않자 간호사님과 보호사님의 별명을 지으며 놀기 시작했다(이제 와 생각해보니 무례한 놀이였던 것 같지만). 별명을 짓고 나니 병동에서의 일들을 기록하기가 훨씬 수월해졌고 선생님들이 괜히 친근하게 느껴졌다.

> 담당 간호사님은 만화 〈보노보노〉에 나오는 '포로리'를 닮아서 앞으로는 포로리 선생님이라고 쓰기로 한다.
>
> _2018년 6월 7일 일기

> 아침밥 먹고 눈물이 쏟아졌다. 여기에서 치료받는다고 해도 결국 아무 소용없을 것 같다. 하루에도 수없이 내가 살아있는 게 너무 지겹고 싫다고 하자 브이라인 선생님이 나에게 많이 지쳐있는 것 같다고 말해주셨다. 선생님께 내색은 안 했지만 그 말이 왠지 날 알아주는 것 같아서 위로가 됐다.
>
> _2018년 6월 8일 일기

슬리퍼가 조금 찢어졌길래 복도에 앉아 빤히 쳐다보고 있었는데 지나가던 (교포 아저씨와 자주 탁구를 치던) 언니가 자기랑 똑같은 슬리퍼를 신었다며 아는 척을 해줬다. 내가 눈인사를 해 보이자 언니는 아예 내 앞에 자리를 잡고 앉아서 여기 왜 왔냐고 물어왔다. 나는 조금 당황스러워서 잠시 침묵했다. 그러고는 이런 얘기를 해도 되는지 잘 모르겠다는 생각을 하며 작은 목소리로 '죽으려고 해서 들어왔다'고 말했다. 언니는 자기도 죽으려고 해봤다며 자기 이야기를 들려줬다. 아픈 다리와 상처들을 보여주며 언니는 나에게 그러지 말라고 이야기했다. 알겠다고 할 수도 없고 딱히 해줄 말도 떠오르지 않아서 그냥 웃고 말았다.

아침 식사를 끝내고 나면 약을 먹고 곧이어 차 모임 시간이 있었다. 병동에서는 위험할까 봐 뜨거운 물을 허용해주지 않는데 하루에 딱 한 번, 차 모임 때만 뜨거운 물을 받아 마실 수 있다. 나는 모임에 거의 참여하지 않았다. 차를 마시며 주제를 갖고 이야기를 나눠야 하는 프로그램이 부담스러웠기 때문이다. 자꾸 내가 사람들 속에서 돌발행동을 할 수도 있다는 생각이 들었다.

병동에서는 수면에 방해가 될까 봐 커피 마시는 것이 제한되어 있지만 차 모임에서만큼은 커피를 마실 수 있게 해줬다. 나는 커피를 좋아하지 않아 주로 보이차를 마셨다. 간호사님은 물만 받아가는 나를 자주 불렀지만 나는 고개를 휘저으며 빠른 걸음으로 병실로 돌아갔다. 내 뒷모습이 어떻게 보였을지 자꾸 생각나 창피했다.

차 모임 외에도 다양한 정신요법 프로그램이 있었는데 그 중 기억나는 건 아침 체조 시간과 요가 프로그램, 매주 금요일 저녁마다 진행되는 노래방 프로그램, 비누나 방향제를 만드는 프로그램 같은 것이다. 나는 내 또래의 동생들 외에는 사람들과 어울리고 싶지 않아서 거의 참여하지 않았는데 비누와 파우치 만드는 프로그램에는 참여해서 엄마한테 결과물을 줬다. 온종일 병동에서 내가 뭘 하며 지내는지 엄마가 궁금해하고 걱정했기 때문이다. 어느 날은 병실에서 혼자 책을 읽고 있었는데 보호사님 한 분이 내 병실에 들어왔다. 그러더니 지금 읽고 있는 그런 책보다 프로그램에 참여하는 게 훨씬 더 도움이 될 테니 참여해보라며 강압적으로 이야기해서 화가 치밀었다. 그런 건 내가 판단하는 일이라고 뭐라고 해줄까 하다가 괜히 일을 크게 만들기는 싫어서 책에 시선을 꽂고 대답하지 않았다.

보호병동에서는 당연히 휴대폰 사용이 제한되어 있어서 병동에 딱 한 대 있는 공중전화를 이용해 가족들과 연락할 수 있었다. 친구나 지인은 안 되고 오직 직계 가족하고만 연락할 수 있었는데 면회나 보호자 동반 산책에 대한 규정과 같았다. 아빠는 입원 첫날 간호사님에게 공중전화를 이용하려면 전화카드가 있어야 한다는 설명을 듣고 병원 근처 좌판을 돌며 구식 전화카드를 구해왔다. 제법 후덥지근한 날씨에 여러 곳을 돌았다는 아빠에게 이 카드로는 전화를 사용할 수 없다고 차마 이야기하지 못했다. 엄마에게 그 말을 대신 전하며 티머니 카드를 사서 충전해주면 된다고 했다. 그런데도 티머니 카드를 사 온 건 아빠였다.

생리대 역시 마찬가지였는데, 아직 예정일이 며칠 남았는데도 (그때까지만 해도 입원을 한 달 동안이나 할 줄 몰랐다) 생리가 터져버리고 말았다. 급한 대로 엄마에게 생리대를 부탁하니 두 시간 뒤 아빠가 오버나이트 생리대를 사다 줬다. 대형 사이즈로 사다 달라고 이야기했는데 아빠는 편의점 점원에게 '제일 큰' 대형을 물어보며 사 왔다고 했다. 생리대 하나도 내 손으로 구입하지 못하는 스스로가 무능하게 느껴졌지만, 한편으론 편의점에서 일반형이 뭐고 날개형이 뭔지 크기를 하나씩 살펴보고 골똘히 생각하며 골라왔을 아빠를 생각하니 웃음이 났다.

나는 티머니 카드로 부모님께 자주 전화했다. 지금 생각해보면 간호사님들이 공중전화에서 통화하는 나를 보며 나이와 인상과는 다르게 어린애 같은 사람이라고 여겼을 것 같다. 그곳에 있는 환자들 중에서도 나는 아주 드물게 부모님 두 분이 매일 면회를 오는 환자였다. 그런데도 지금 밥을 먹었고 곧 챙겨준 간식을 나눠 먹을 거라는 둥, 지금 약을 먹었으니까 30분 뒤에는 잠이 쏟아질 거라는 둥, 세세한 부분까지 전화로 곧잘 이야기했던 것이다. 물론 내 통화 목소리가 들리진 않았겠지만 내가 어린애처럼 보일 것 같다는 생각이 자주 들었고 그때마다 피식피식 웃었다. 바깥사람과 소통할 방법은 전화와 면회뿐이었는데 그나마 전화는 제한 시간 내에서라면 하고 싶은 만큼, 다른 사람의 통화를 방해하지 않는 선에서, 카드에 충전된 금액이 허락하는 한 얼마든지 할 수 있으니 나는 전화에 꽤 집착했던 것 같다. 뭐든 알리고 싶고 뭐든 듣고 싶었다. 언젠가 한 동생이 통화하고 있는데 옆에서 기다리던 아주머니가 “얼른 끊어!”라며 무섭게 윽박질렀다고 얘기했다. 모두들 나랑 비슷한 것 같다는 생각을 했다.

여름

2010년 여름, 장맛비에 집 안이 온통 물바다가 됐다.
김애란의 소설 「물속 골리앗」을 읽고 있을 때였다.
밤마다 천장의 무늬를 살피던 내 방이 사라졌다.

가을

2011년 2학기에 휴학을 하고 빵집 아르바이트를 시작했다.
아침부터 일을 하다가 오후에 집으로 기어들어 가면
밤까지 죽은 듯이 누워 잠들었다.
그즈음 폭식과 절식을 번갈아 가면서 했고
살이 10kg 넘게 쪘다 빠졌다 했다.

겨울

2012년 설날 연휴를 앞두고 죽고 싶다고 말하는 나에게
H가 도보여행을 하자고 제안했다.
병원은 가기 싫고 살면서 한 번쯤은 그런 여행을 해봐도
재밌을 거 같다는 생각이 들어
그날부터 바로 여행 계획을 짜기 시작했다.
강릉부터 영덕까지 걷는 데에 7박 8일이 걸렸다.
도보여행을 다녀온 뒤
무엇이든 할 수 있다는 자신감이 생겨
바로 복학 신청을 했다.

봄

2015년, 이모가 죽고 다시 봄이 찾아왔다.
출퇴근하는 포천에도
뒤늦게 꽃망울과 새순이 터지기 시작했다.
아름다웠다.
이모가 살아서 이것을 봤으면
좋아했을 거라고 생각하며 울었다.

샤워타월 할머니가 퇴원하고 내 또래의 Y와 같은 병실을 쓰게 되었다. 나와 Y는 인사를 나누고 지내던 사이라서 우리는 같은 병실을 쓰게 된 것을 엄청 기뻐했다. Y가 짐을 옮겨오자마자 곧 동생들이 놀러 와서 병실은 우리의 아지트가 되었다. 우리는 이곳에서 종이접기를 하거나 스트레칭을 하거나 서로의 비밀을 털어놓는 등 중요한 일들을 했다. 병동 내에선 아지트에 대한 소문이 파다하게 퍼져서 이제 우리 네 명을 찾으려면 누구나 6221호 병실로 찾아오기 시작했다. 교포 아저씨는 매일같이 병실 문에 난 창 너머로 손을 흔들며 밝게 인사를 해왔고 간호사님, 주치의 선생님, 담당 교수님들도 우리 병실을 먼저 찾게 되었다.

Y는 책을 잔뜩 가져와서 읽었는데 읽는 책 중엔 소설도

있고 에세이도 있고 종교 관련 책도 있었다. 저녁 약을 먹고 병동의 불을 끄는 시간이 되면 우린 종종 복도에 나와서, 혹은 침대에 누워서 좋아하는 소설에 대해, 작가에 대해, 각자가 생각하는 신앙에 대해 이야기를 나눴는데 꽤 재밌었다. 나는 약 때문에 거의 졸면서 이야기했는데 그중엔 대화 내용과 전혀 상관없는 헛소리도 많았을 거다. 근데 Y는 착한 친구라서 다 봐줬다. 병동에서 외출을 허락받아 다녀오면 내가 졸업 작품으로 썼던 소설을 가져와 보여주기로 했다.

슬리퍼 언니는 화장하기를 좋아해서 아침 식사를 할 땐 맨얼굴이었다가도 식사 시간이 지나면 금세 화려한 얼굴로 나타나곤 했다. 처음엔 병동에서 왜 저렇게 화장을 하고 있나 의아했지만 곧 언니를 이해하게 되었다. 시간이 안 가도 너무 안 가는 이곳 병동에서는 화장이라도 해야 시간을 보낼 수 있기 때문이다. 나도 곧 엄마에게 부탁해서 화장품 파우치를 병동에 들여왔다. Y와 동생들까지 합류해서 우리는 서로 아이섀도나 립스틱을 돌려쓰며 하루에도 몇 번씩 화장을 고쳤다. 콤팩트와 블러셔는 거울이 달려있다는 이유로 반입불가였고 뷰러는 플라스틱 재질이 아니라는 이유로 반입불가였다. 뷰러 없이 속눈썹을 하나하나 올리면서 외출 나가면 꼭 플라스틱 뷰러를 사겠다고 다짐했다.

Y와 동생들과 책을 돌려보면서 종종 편지나 쪽지를 써서 책 사이에 끼워서 줬는데, 그걸 읽을 때면 좀 울고 싶었다. 내가 보호병동에 있다는 게 가장 선명할 때였고 가장 마음이 따뜻할 때이기도 했다.

수간호사님은 종종 나를 다른 친구의 이름으로 불렀다. 계속 같은 이름으로 부르면 그냥 헷갈렸겠거니 했을 텐데, 한 번씩은 내 이름으로 불러서 좀 기분이 나빴다. 내가 그렇게 존재감이 없나 싶은 생각도 들었다. 그래도 그 많은 환자의 이름을 거의 다 알고 있다니 한편으론 대단하다고 생각하며, 불쾌해했다.

아침 6시면 원하지 않아도 눈이 떠졌다. 늦어도 10시 반이면 약에 취해 잠이 드니 어쩔 수 없는 현상이었다. 하지만 그것이 나에게 가장 잘 맞는 수면 시간대라는 걸 곧 인정할 수밖에 없었다. 어느 때보다 몸이 건강해지는 걸 느꼈다. 나는 일어나자마자 화장실을 먼저 사수한 뒤 수학여행에 온

여고생처럼 곧장 수건과 세면도구를 들고 가서 씻었다. 이렇게 규칙적인 생활을 한다는 게 스스로 신기해서 나는 나만의 그 규칙을 꼭 지켰다. Y와 동생들도 나를 신기해했다.

한 아주머니가 자꾸 다른 병실에 가서 자신의 짐을 옮겨놓고 자기 병실이라고 우겼다. 그때마다 원래 자리 주인인 아주머니는 난색을 보였는데, 그 사정을 알고 나서 복도에 있던 사람들이 아주머니가 짐을 옮기려고 할 때마다 말렸다. 결국 수간호사님이 짐을 옮기려는 아주머니 곁에 계속 붙어있으면서 주의를 시켰는데, 그때만 잠시 괜찮을 뿐 자꾸 자기 병실을 찾아다녔다.

샌드위치나 핫케이크가 나오는 아침 빵식을 먹고 싶었지만 간호사님이 나는 일반식만 허락된다고 했다. 짜증 났다. 안 그래도 맛없는 밥인데 이것조차 제한을 두다니. 그렇지만 곧 몸무게가 많이 나가서 어쩔 수 없나 하며 금방 수긍했다. 입원 절차를 밟을 때 알레르기 반응이 있는 음식이 있는지 물어봐서 조개류에 그런 반응이 있는 것 같다고 알려줬는데, 그래서인지 반찬도 몇 개 다르게 나올 때가 종종 있었다. 동생들은 여기 들어와서 살이 쪘다며 열량식인지 뭔지 아무튼 그런 식단을 선택해 먹었는데, 그것도 주치의 선생님의 허락을 받아야 해서 쉽지 않아 보였다. 동생들은 얼마 지나지 않아 다시 일반식으로 바꿔 먹었다.

가끔 동생의 팔에는 무엇인가로 긁힌 흔적이 보였다. 간호사님이 서둘러 약을 발라줬지만 상처는 금방 빨갛게 부어 올랐다. 나는 그 모습이 너무 안타까워서 그러지 말라고 이야기했다. 동생은 왜 그러면 안 되는지 모르겠다고 대답했다. 생각해보니 나도 딱히 왜 자해를 하면 안 되는지 설명해 줄 만한 이유가 없어서 입을 다물었다. 나에게 자신의 상처를 보여주며 죽지 말라던 슬리퍼 언니의 얼굴이 떠올랐다.

교포 아저씨와 몇몇 환자들이 요법실에서 영어 공부를 하는 것 같았는데 교재와 공책도 갖춰오는 걸 보니 제대로 된 수업인 것 같았다. 아저씨는 수업을 하는 날이면 다른 날보다 더 활기차 보였다. 어느 날은 슬리퍼 언니가 이 문제의 답을 아느냐고 물어오면서 영어 문제를 하나 보여줬는데 나는 잘 모르겠다고 대답했다. 언니는 다른 간호사님에게 가서 답을 물었다. 언니의 뒷모습을 보며 나야말로 영어 공부가 필요한 사람이라는 생각이 들어 수업을 들어볼까 했지만 아저씨가 퇴원할 때까지 그러진 못했다.

입원한 뒤 가장 괴로운 일과 중 하나는 몽당연필(뾰족한 연필은 자해 가능성이 있어서 사용이 금지되어 있다)로 작성해야 하는 검사지를 대면하는 일이나 MRI부터 그림 검사까지 다양하게 진행되는 검사들이었다. 면담을 통해 지금 기분은 어떠냐는 질문을 하루에 다섯 번 이상 들으면 뇌에서 쥐가 나는 느낌이 들었다.

그중에서 지능 검사로 추측되는 검사가 제일 짜증 났다. 열 개의 단어를 알려주고 일정 시간이 지난 뒤 그 열 개의 단어를 최대한 많이 이야기해보라고 하거나 화면에 나타나는 도형이 깜빡이는 순서대로 기억했다가 맞춰보라든가 하는 거였는데, 지루하기도 하고 이런 것도 제대로 하지 못하는 내가 못나 보여서 마지막에는 신경질이 났다.

그래도 그림 검사는 재밌었는데, 데칼코마니처럼 보이는 그림들을 보며 그게 무엇처럼 보이고 왜 그렇게 생각하는지 제법 자세하게 이야기해야 하는 검사였다. 나는 신이 나는 것까진 아니었지만 (이후에 검사 결과가 적힌 종이를 확인해보니 내가 콧노래를 부르며 설명했다고 적혀있었다) 내 기분을 설명하는 것보다 훨씬 재밌는 검사여서 좋았다. 내 이야기를 다 듣고 난 선생님은 나에게 자원이 풍부한 사람이라고 이야기해 줬다. 이게 과연 칭찬일까 고민하면서 병실로 돌아왔다.

병동에서 약을 먹는 시간은 오전 9시, 오후 9시 두 번이다. 점심 식사 후 따로 약을 먹는 환자들도 있었지만 대개의 환자들은 아침 식사와 저녁 식사 이후 하루 두 번 약을 먹었다. 간호사실에서 약을 나눠주겠다고 알리면 환자들은 물을 받아들고 줄을 서거나 병실에서 대기한다. 그럼 간호사님들이 순서대로 약을 줬다. 팔찌에 적힌 이름과 병록 번호를 확인한 후 약을 주고 약을 제대로 삼켰는지 확인하기 위해 입안을 꼭 살폈는데 나는 그때마다 웃음이 터질 것 같아서 꾹 참았다. 다른 건 몰라도 이런 장면은 TV에서도 많이 봐서 그런지 내가 꼭 드라마 속 인물이 된 것 같았다. 내가 진짜 정신과 병동에 입원한 환자라고 생각되지 않아서 좋았다.

오후 4시엔 활력 징후 측정시간이 있었다. 환자들이 거실에 모이면 간호사님이 차례로 혈압과 체온을 재고, 대변을 봤는지를 물었다. 혈압과 체온을 확인하는 건 괜찮았는데 대변을 봤냐는 질문에 대답하는 건 좀 창피해서 대변을 보지 않은 날에도 대충 봤다고 둘러댔다. 교포 아저씨는 이

시간에도 굉장히 즐거워 보였다.

주치의 선생님 말에 따르면 약은 2주에 한 번씩 증량시킬 수 있기 때문에 천천히 올릴 수밖에 없다고 했다. 나는 이런 부분에서도 예민한 건지 약을 증량하면 곧장 반응이 나타났는데, 특히 아침 약을 먹고 나면 계속 멍해서 어느 순간 나도 모르게 눈이 풀리고 입이 벌어졌다(엄마는 그 모습이 안타까웠다고 했다). 자해 가능성 때문에 입원한 것도 맞지만 맞는 약을 찾아 나가는 것 또한 목적이었기 때문에 도대체 2주에 한 번씩 약을 늘린다면 언제쯤 퇴원할 수 있는 건지 암담해졌다. 멍한 사이에 나는 3인실로 이동했다.

같은 병실을 쓰면서 친해진 Y는 병동에서 지내는 시간을 유독 지루해했다. 나 역시 병동에서의 지루함엔 도무지 적응되지 않아 우리는 수시로 붙어 다니며 많은 이야기를 나눴다. 아침에 일어나 체조를 하고 밥을 먹고 약을 먹으며 시간을 흘려버리기 위해 부단히 움직이면서도 이내 떡볶이와 튀김이 먹고 싶다고 병실 침대 위를 뒹굴며 한탄했다. 장미 접기를 하느라 얼룩덜룩하게 물든 손끝을 바라보며 Y는 병동에 들어오기 전 두 차례 자살 시도를 했다고 말했다. 나는 Y처럼 좋은 사람이 왜 그런 시도를 했을까 싶어 의아하면서도 마음이 아팠다. 어느 날 우리는 언제부터 힘들었는지에 대해서 이야기를 나누게 되었는데, Y는 전 남자친구 때문에 우울증이 온 것 같다고 대답했다. 곧이어 질문이 나에게로 넘어왔다.

곰곰이 생각해보다가 정확히 언제부터 힘들었는지 모르겠다고 대답했다. 우울과 함께한 시간이 길어서 찬찬히 짚어봐도 내가 언제부터 지쳐있었는지 알기 힘들었다. 확실한 건 대학생이 되면서부터 스스로를 엄청 괴롭히기 시작했다는 것이다.

나는 한 학기에 들을 수 있는 최대 학점을 이수하면서 동아리 활동과 학생회 활동을 같이 했다. 물론 주말엔 아르바이트도 병행하면서. 해야 하는 과제와 일들이 나에게 물밀듯이 쏟아졌다. 남들은 그런 나를 보고 욕심이 많은 사람이라고 했다. 그래서 나도 그런 줄 알았는데, 사실은 그게 아니었다. 남들보다 두세 배는 더 시간을 들여야 과제 하나를 완성하고 몇 시간을 더 연습해야 발표도 할 수 있던 나의 상황을 내가 너무 잘 알고 있었다. 그리고 그 사실에 스스로 함몰되기 싫어서 나는 무슨 일이든지 더 악착같이 했다. 단순히 잘하고 싶은 마음에 숨이 턱 끝까지 차오르게 열심히 뛰는데도 목표에 대한 갈증이 쉽게 채워지지 않았다. 동시에 다른 사람들이 날 어떻게 볼지 너무 걱정됐다. 왜 나만 이럴까, 왜 나만 이렇게 힘들까, 오래 고민했다.

어떤 날은 의욕이 넘쳐서 학교 행사나 프로그램에 참여하며 일들을 벌여 놓다가도 어떤 날은 너무 무기력해서 시작한 일을 수습하지 못하고 방안에 누워 지냈다. 커튼을 닫아두고 이대로 세상이 끝나버렸으면 좋겠다고 생각했다. 내가 한심하게 느껴졌다. 남들은 다들 손쉽게 해결하는 문제들을 왜 나만 유난을 떨면서 결국 해결하지 못하는지 생각했다. 열심히 한다고 하는데 끝까지 책임질 수 없는 일들이 늘어갔다. 어쩌면 난 그냥 이렇게 무책임한 인간으로 태어나버린 게 아닌지 두려워서 우는 일이 잦았다.

어렵게 버티던 인간관계에서도 또다시 어려움이 찾아왔다. 아무리 애써도, 아무리 다가가려고 해도 멀어지는 사람들이 있었다. 오락가락하는 내 상태 때문인지 나에 대한 사람들의 신뢰가 쉽게 무너졌다. 나는 그런 관계를 쉽게 인정하지 못하고 불안해했다. 초조해진 나는 결국 친한 이들에게도 많은 실수를 했고 어느새 돌이킬 수 없는 관계들이 불어나기 시작했다. 사람들과 만나는 것 대신 방에 틀어박혀 있기를 선택했다. 답이 나오지 않는 질문들을 붙잡고 매일같이 심란한 밤을 보냈다.

"요즘은 그런 생각을 해. 지금은 예전의 내 모습과는 다른 모습이 되어버렸으니까. 나와 같이 지냈던 친구들은 잘하고 있는데 나는 이렇게 됐으니까. 그런 데서 오는 허탈함이 있어. 이런 내 모습을 잘 못 받아들여서 더 힘들고. 내가 아프기 전이었으면 안 그랬을 텐데, 그런 생각을 많이 해. 아프지 않았다면 더 잘할 수 있었을 텐데, 하고."

Y의 이야기를 들으면서 한참 고개를 떨어뜨리고 있었다. 무서웠다. 나 역시 그런 생각을 자주 했다. 이제 내 인생은 병으로 인해 다 끝나버린 게 아닌가 하고. 아니, 사실은 병 때문이 아니라 내가 진짜 실패자라서 이렇게 된 게 아닌가 생각했다. 이건 의료진에게도 부모님에게도, 누구에게도 쉽게 이야기할 수 없는 이야기였다. Y와 나누는 대화이기에 할 수 있는 이야기였다. 나는 '만약 그랬더라면' 하는 식의 가정을 자주 했다. 만약 아프지 않았더라면, 지금의 나와는 완전히 다른 삶을 살았을 거라고. 내가 애초에 완벽한 사람으로 태어났다면, 남들에게 잘못을 하거나 상처 주지 않았을 거라고. 우리 가족은 더 화목했을 것이고, 나는 누구에게도 상처 주지 않고 사람들과 좋은 관계를 유지했을 거라

고. 누구보다 활기차게 일하고 생활하고 있었을 거라고. 그렇게 나는 쉽게 확신했다.

지금이라도 내가 아프다는 사실을 인정하고 나면 조금은 마음이 편해질까. 완벽할 수 없었다고 인정한다면 조금은 죄책감에서 벗어날 수 있을까. 하지만 그러면서도 나는 늘 헷갈렸다. 내가 정말 아파서 이곳에 온 것인지, 아니면 아픈 척을 하고 싶어서 이곳에 온 것인지. 그저 아무도 오지 못하는 곳으로 도망친 건 아닌지. 병동 입원을 고민하던 나에게 피를 철철 흘려야만 아픈 게 아니라고, 울면서 말하던 친구의 설득 어린 말이 떠올랐다.

꿈에서 붉은 해를 보았다.

_2018년 6월 7일 메모

여느 때와 같이 동생들과 함께 거실에 앉아서 수다를 떨고 있었다. 갑자기 동생 한 명이 심심하다며 다른 친구에게 탁구 시합을 하자고 도발했다. 두 사람은 곧 탁구대 앞에 자리를 잡고 라켓을 하나씩 쥐고는 이상한 포즈를 취해가며 서로에게 으르렁거렸다. 지는 사람은 이긴 사람이 차모임에서 제조해주는 이상한 음료를 마시기로 했다. 한 명은 레모네이드 가루를 왕창 넣겠다고 했고 다른 한 명은 코코아 가루를 아주 조금 넣은 맹탕 코코아의 끔찍함을 알게 해주겠다고 했다. 나는 그 모습을 보며 미친 듯이 웃었다.

거실 소파에 앉아 두 사람의 점수가 올라가는 걸 보고 있자니 곧 병동의 다른 사람들도 합류해서 두 사람의 경기를 흥미진진하게 지켜봤다.

햇살이 환하게 들어오는 큰 창을 바라봤다. 파란 하늘 아래 제법 푸르게 자란 잎사귀들이 넓은 창을 빼곡히 채웠다. 창밖으로 보는 하늘과 나무가 너무 아름다워서, 평범한 일상에서 그런 것을 발견하고 바라볼 수 있었던 게 큰 행운이라는 것을 알아버려서 슬펐다. 날씨가 너무 좋았다. 날씨가 너무 좋아서 죽고 싶었다. 이렇게 좋은 날 내가 깔깔거리며 죽을 기회가 앞으로 얼마나 더 있을까 싶었다.

말주변은 없지만 늘 환자와의 면담에서 애쓰는 모습이 역력한 '애쓴다 간호사님'은 낮에 있었던 일을 잠잠히 듣다가 이야기했다. 자신의 귀에는 그 이야기가 '죽고 싶다'가 아니라 '살고 싶다'로 들린다고, 그것도 '아주 잘 살고 싶다'로 들린다고 했다. 나는 선생님에게 바로 되물었다.

"선생님은 죽고 싶다는 생각을 살면서 몇 번이나 해보셨어요?"

은근히 선생님에게 죽고 싶다는 생각을 해보지 않은 사람은 이해할 수 없을 거라는 얘기를 하고 싶었던 것 같다. 선생님은 고민하다가 솔직하게 그런 생각은 별로 해본 적 없는 것 같다며 내 표정을 살폈다. 그리고 곧이어 씨앗 이야기를 했다. 마음의 씨앗을 심고 그것을 어떻게 키울지는 자신의 몫이라고 했다. 그건 병동에 있는 사람들이건 바깥사람들이건 모두가 똑같다고 했다. 그러니 다시 생각해보라고. 그것이 죽고 싶은 마음인지 살고 싶은 마음인지. 단호하지만 다정한 충고에 나는 알겠다고 대답했다.

저녁 약을 먹는 시간에 교포 아저씨가 약을 거부했다. 슬쩍 보니 내 약의 두 배 이상은 되어 보이는 양이었다. 사람들이 모두 교포 아저씨를 지켜보고 있었다. 간호사님들은 차분한 목소리로 약을 꼭 먹어야 한다고 아저씨를 설득했다. 한 아주머니가 끼어들어 "약이 많네." 하고 훈수를 두자 간호사님이 그 아주머니에게 주의를 주었다. 그러자 아저씨가 어이가 없다는 듯이 뭐라고 중얼거렸다. 잘 들리진 않았지만 간호사님이 단호하게 안 된다고 하는 걸 보니 욕 비슷한 걸 내뱉은 것 같았다. 결국 아저씨는 약을 다 삼켰다.

한바탕 소동이 끝나고 나는 잠들기 전에 복도 소파에서 책을 읽으려고 했다. 복도에 나오니 약을 다 삼키고 우울해 보이는 아저씨가 동생 한 명과 함께 소파에서 영어로 대화를 나누고 있었다. 짧은 영어로 듣자 하니 긍정적인 생각의 힘에 대해서 이야기하고 있었다. 아저씨는 예전에도 입원을 해봤던 사람 같았다.

아저씨 말에 따르면 이전에도 약을 엄청 먹었고 그 약을 끊는 데에 아주 오랜 시간이 걸렸다고 했다. 아주 큰 힘이 드는 일이었다고, 끔찍하게 큰일이었다고 했다. 그런데 결국 지금 다시 약을 엄청 먹게 되어서 그게 너무 힘들다고 말했다. 우리 모두에게 긍정적인 힘만 있으면 약 없이도 병을 이길 수 있다고, 아저씨는 그렇게 믿는다고 말했다. 그래서 우리는 부정적인 생각을 하면 안 된다고 했다.

그때까지 나는 책을 읽는 척 가만히 있었는데 아저씨의 말을 듣다못해 결국 중간에 불쑥 끼어들었다. 아저씨와 동생의 얼굴에 당황한 기색이 역력했다. 나는 그런 건 아랑곳하지 않고 말을 시작했는데 지금 생각해보면 그건 아저씨에게 굉장히 폭력적인 행동이었다.

나는 어려서부터 긍정적인 사람이 되어야 한다는 소리를

귀에 못이 박이도록 듣고 자랐다. 매사 좋은 점보다는 나쁜 점을 꼬집고 만족보다는 불평을 늘어놓는 나에게 부모님은 걱정스럽다고 했고 학교에서도 나는 자기주장이 강한 아이로 통했다. 내가 부정적인 사람으로 몇 번 넘어지는 동안 모두가 긍정의 힘을 이야기했다. 그래서 나는 긍정적인 사람이 되어야 한다는 그 말을 믿었다. 하지만 긍정적인 사람이 되려고 노력해봐도 잘 되지 않았고 나는 잘 지내다가도 여전히 남들보다 자주 맥이 빠졌다. 사는 게 힘들다고 생각했고, 미래의 일들을 생각하면 지겨워질 때가 많았다. 그럴 때마다 매사 긍정적이지 못한 내 탓이라고 생각하며 스스로 자책했다.

하지만 이젠 안다. 그건 내가 부정적인 사람이어서가 아니라 아픈 사람이었기 때문이다. 아저씨도 아파서 여기에 온 거라고, 나는 상기된 얼굴로 쉼 없이 이야기했다. 조금 울먹거렸던 것 같기도 하다. 나는 아저씨에게 손짓을 하면서 우리는 모두 아픈 사람들이라고 이야기했다. 그래서 약을 먹어야 한다고. 물론 약으로 모든 게 다 해결되는 건 아니다. 약은 약이고 태도는 태도이지, 아픈 우리에게 가장 중요한 것은 아프다는 사실을 있는 그대로 인정하는 것이다.

내 말을 듣던 아저씨는 긍정적인 사람이 되어보면 그런 생각을 하지 못할 거라고 대답했다. 아저씨가 무슨 말인가 더 하려고 했는데 보호사님이 이제 들어가서 자야 할 시간이라고 해서 대화가 끊겼다. 나는 병실로 돌아가는 아저씨의 뒷모습을 오래 바라보았다.

어제 버스로 출근하던 길이었는데
나는 맨 앞자리 좌석에 앉아 있었거든.
정류장을 지날 때마다 사람들이 빼곡히 들어찼고
나는 가방을 안고 이어폰으로 노래를 듣고 있었어.
그때 내 눈앞에 뭐가 보였냐면, 해가 보였어.
붉고 크고 나를 집어삼킬 것 같은
둥그런 해가 내 눈앞에 있었던 거야.
나는 갑자기 눈물이 났어.
그때도 점점 무기력하고 우울해져서
병원에 가야 한다고 생각하고 있었는데
병원 문을 쉽게 열지는 못하고 있었거든.
힘들 때마다 매번 병원을 찾아갔지만 그것도 잠시뿐이고
나는 나의 널뛰는 감정을 이기지 못했어.
반복되는 일상과 반복되는 병증이 지겨웠어.
평생 이렇게 살아야 할 거라고 생각했지.

엄마가 너는 매사 부정적이라서
그렇다고 이야기한 게 생각났어.
보고 싶어도 이젠 볼 수 없는 얼굴들이 떠올랐어.
파탄 난 내 인간관계가 떠올랐어.
아무것도 아닌 내 존재가 느껴졌어.
그때 결심했어. 바다에 빠져 죽어버리자고.
내가 좋아했던 바다의 모습들이
내 머릿속을 스쳐 지나갔어.
그곳에 빠져 죽으면 불행하지 않을 것 같았어.
둥근 해가 불타오르듯 나를 쳐다보는데, 그때 알았어.
우울 속에 있어도 계속 있다 보면
언젠가 무뎌질 줄 알았는데,
근데 나는 그냥 다 타버린 거였어.
타버려서 재가 되어 아무것도 남지 않은 거였어.

_2016년 10월, 보내지 못한 편지

죽은 사람들이 보고 싶어서 울었다. 사람들의 죽음에 '왜'를 더는 붙이지 않기로 했지만 슬픔이 오래가서 좀 힘들었다. 내가 알고 있는 망자들은 대개 다정한 사람들이었다. 사는 동안 자신에게 차갑게 대했던 사람들보다 따뜻했던 사람들을 더 잊지 못한다고 하는데 그 말이 맞는 것 같다. 천 년 동안 갈 슬픔 같다.

_2018년 6월 14일 일기

"나율 씨는 다정한 사람이 되고 싶다고 했어요. 그리고 남들에게는 충분히 그러려고 노력했죠. 그런데 정작 본인한테는 다정하지 않네요. 그게 무슨 의미인지 알겠어요?"

꿈에서 깼을 땐 울고 있었다. 무슨 상황이었는지 기억나진 않지만 2016년에 진행했던 상담치료 중에 선생님이 내게 해줬던 말이 꿈속에서 튀어나왔다. 그때도 나는 선생님에게 다정한 사람이 되고 싶은데 그러기 힘들다고 얘기했다. 다정한 사람은커녕 매일 사람들과 싸우고 별것 아닌 일에도 인연을 끊으며 망나니처럼 살고 있다고. 이모를 닮고 싶었는데 나는 완전히 구제불능이 되어버린 것 같다고. 병실 침대에 앉아 울고 있으니 Y와 동생들이 다가와 나를 안아줬다. 아무도 왜 우냐고 묻지 않았다. 이곳에서는 왜 우는지는 중요하지 않다. 우리는 종종 이유 없이 울었다.

생각해보면 내가 병동 생활을 버틸 수 있었던 건 이것 때문이었다. 꾸미지 않고 내 모습 그대로 있을 수 있다는 점. 우는 모습 그대로, 아픈 모습 그대로 있을 수 있어서 나는 이곳에서의 생활을 포기하지 않았다. 처음엔 상상도 할 수 없는 일이었다. 환자복을 입고 이상한 춤을 추거나 거실에서 흘러나오는 노래를 따라 부르는 나의 모습이. 심심해서 퍼즐 맞추기와 화장하기에 목숨을 걸다가도 어느새 엉엉 울고 죽고 싶다고, 괴롭다고 소리 지르는 나의 모습이.

그런데 이런 나의, 우리의 모습을 병동 내에선 있는 그대로 인정하고 있었다. 우리는 아프니까. 이상하거나 게으르거나 의지가 약한 게 아니라 아파서, 병에 의해서 여기에 왔으니까. 누구보다 죽고 싶지만 누구보다 살고 싶어서 여기 왔으니까. 입원 직후부터 내가 과연 앞으로 무엇을 제대로 할 수 있을지 늘 의문에 시달렸는데 다정하게 안아주는 품에서 나는 알게 되었다. 우리는 아프기 때문에 아픔을 알아볼 수 있었다. 우리는 아픈 사람들이기 때문에 서로의 아픔을 묻지 않고도 마음 끝까지 이해할 수 있었다.

여름이 한 발자국씩 발을 떼며 다가올 즈음, Y가 요법실에 있는 피아노에 앉아 그곳에 있던 나를 비롯한 세 사람에게 영화 〈기쿠지로의 여름〉 삽입곡인 'Summer'를 연주해줬다. 연주가 시작되자마자 우리는 소란스럽던 이야기를 멈추고 음악에 집중했다. 매끄러운 연주는 아니었지만 도입부에서 나는 그만 울컥하고 말았다. 청보리밭이 떠올랐고 이모 생각이 났기 때문이다. 그리고 연주를 듣는 이 순간이 영원히 잊히지 않을 것임을 직감했기 때문이다. 청보리밭이 바람에 나부꼈고 이모의 목소리가 들리는 듯했다. 하지만 더는 괴로운 기억이 아닌 그리운 기억이어서 조금 더 슬펐다.

바깥사람들은 여름이 오고 있다고 내게 알려줬지만 병동 안에서 생활하는 동안 한 번도 여름이 오고 있다고 생각해 본 적이 없었다. 나는 돌아올 여름을 생각하면 죽을 만큼 싫었다. 그런데 Y의 'Summer'를 듣는 순간 난생처음 여름을 선물 받은 기분이 들었다. 언제 퇴원할지 가늠할 수 없었지만 이번 여름은 잘 보낼 수 있을 거란 확신이 들었다. 나는 그 이후로도 몇 번이나 Y에게 '여름'을 들려달라고 졸랐다.

이모가 스스로 목숨을 끊은 이후 충격으로
한참 동안 자살에 대한 생각이나 결심을 하지 않았다.
저녁 약을 먹고 잠들기 전까지
거실에서 TV를 보고 있었는데
문득 내가 왜 자살하고 싶은지 의문이 들었고
의문이 꼬리에 꼬리를 물어 이모의 일까지 연결됐다.
이모가 뇌 질환과 양극성장애를 얻어
투병한다는 소식을 들었을 때
나는 누구보다 이모가 겪고 있을 어려움에 크게 공감했다.
내 마음대로 조절되지 않는 감정과
죽고 싶다는 막연한 생각의 반복은
사람을 쉽게 무너뜨린다는 것을 알고 있었기 때문이다.
나는 어쩌면 이모가 병을 이겨내지 못하고
안 좋은 선택을 할 수도 있다고 생각했는데

얼마 지나지 않아 그건 현실이 되었다.
나는 이모의 미래를 짐작해봤다는 이유로
큰 죄책감을 느꼈다.
나 대신 이모가 죽은 것 같았다.
심리검사를 진행하며 내가 많이 지쳐있다는 것을 깨달았고
죽음에 대한 미련이, 또 자살하고자 하는 마음이
꽤 깊다는 것을 다시금 알게 되었다.
이모의 선택이 나의 자살사고를 깊게 했을 수도 있다.
그렇지만 이젠 이모의 죽음을 있는 그대로 인정하고,
그 일에 대해 죄책감을 느끼기보다는
그때의 충격과 슬픔을
나의 아픔과 연결 짓지 말아야겠다는 생각이 든다.
이모는 나를 이런 지옥으로 떠밀기 위해서가 아니라
단지 아파서 그런 선택을 했고,

그것에 대해 의미를 부여하는 것은
이모에게나 나에게나 힘든 일이 될 수밖에 없다는 것을
조금이나마 이해할 수 있게 되었기 때문이다.

_2018년 6월 19일 일기

입원한 지 일주일쯤 지나자 보호자 동반 산책이 허락되었다. 주치의 선생님으로부터 그 이야기를 듣자마자 마냥 신날 줄 알았는데 도리어 걱정이 몰려와 당황스러웠다. 외부와 단절된 환경에서 지내다가 이곳 병동을 벗어나 바깥에 나간다고 하니, 짧은 시간이지만 내가 돌발행동을 하거나 죽고 싶어질까 봐 불안해진 것이다. 주치의 선생님에게 그렇게 이야기하며 당장 산책을 할 수 있을지 모르겠다고 하니 급할 건 없으니까 천천히 해보자고 했다. 면담이 끝나고 엄마에게 전화해서 산책이 가능해졌다고 말했다. 엄마는 나 대신 뛸 듯이 기뻐했다.

그날 엄마는 저녁 식사 시간에 회사를 나와 잠깐 나에게 들러 산책을 같이 하자고 했다. 여전히 긴장됐지만 일부러 시간을 내서 온 엄마를 실망시키고 싶진 않았다. 그냥 병원 내부만 조금 돌기로 했으니까 별일 없을 거라고 스스로 되뇌었다. 엄마와 병원 내 편의점에서 캔커피와 음료를 사 들고 사람들이 모두 빠져나간 로비 의자에 앉아 병동 생활에 대한 이야기를 나눴다. 바깥에 앉아 있는 게 생각보다 괜찮았다. 힘들면 바로 병동으로 돌아갈 수도 있고 그곳엔 날 도와줄 사람들도 있으니까. 맨날 지겹다고 하면서도 어느새 많은 부분을 병동에 의지하고 있는 나를 발견하고는 그날 아침에 했던 생각을 엄마에게 말하기로 마음먹었다. 엄마가 어떻게 받아들일지 모르지만 이때를 놓치면 기회가 없을 것 같았다.

나: 엄마, 세상 사람은 죽고 싶다고 생각해본 적 있는 사람과 그런 생각을 아예 하지 않는 사람, 두 부류로 나뉘는 것 같아. 나는 죽고 싶다고 생각해본 적 있는 사람이고.

엄마: ….

나: 나는 그게 이상하다고 생각하지 않아. 죽고 싶다고 생각하는 데에도 이유가 있으니까.

엄마: 나는 한 번도 그런 생각을 해본 적 없는 사람 쪽이야.

나: 그래서 엄마가 날 이해하기 힘들다는 거 알아. 그렇지만 나는 날이 좋아서 죽고 싶고 오늘이 지루해서 죽고 싶고, 계절이 가서 죽고 싶어. 살아있으니까 그런 생각도 할 수 있는 거잖아. 살아있으니까. 몇 달 동안 나는 살고 싶은 이유보다 죽고 싶은 이유가 더 많아졌을 뿐이야. 엄마 이런 사람도 세상에 있어.

엄마: 그런 사람도 있는 거니?

나: 응, 그런 사람이 세상에 있고 내가 그래. 그런데 난 지금 살아있잖아. 그게 중요한 것 같아.

첫 외출을 위해 남동생이 병동을 방문했다. 병동 동생들은 남동생과 내가 얼마나 닮았는지 궁금하다며 쪼르르 구경하러 나와서 아무렇지도 않은 척 거실 소파에 앉아 있었다. 나는 이미 들뜬 상태로 간호사님에게 주의사항 몇 가지를 듣고 응급약을 받았다. 외출했을 때는 가장 하고 싶었던 일을 하자는 생각에 남동생과 명동으로 쇼핑을 하러 가기로 했다. 사실 갑자기 사람이 엄청 많은 곳에 방문하는 건 나에게 큰 위험이 될 수 있는데 (지금 생각해봐도 나와 남동생은 너무 철이 없었다) 외출만 나갈 수 있다면 뭐든지 할 수 있을 것 같아서 그러기로 했다. 남동생이 나를 보더니 자기 군대에 있을 때랑 비슷한 것 같다며 비웃었다.

다이소에서 플라스틱 뷰러를 샀다. Y를 위해 하나 더 샀다.

남동생이 몇 벌의 옷을 입어보는 동안 나는 괜히 거울 앞에 서서 내가 어떻게 보이는지 살펴봤다. 평소의 옷차림으로 화장을 하고 샌들을 신고 있는 내 모습이 너무도 선명해서 병동 안의 내가 쉽게 떠오르지 않았다. 기분이 좋아진 나는 제주 언니에게 전화를 걸어 안부를 물었다. 더는 바깥을 돌아다니는 일이 무섭지도 불안하지도 않았다.

성공적으로 외출을 마치고 돌아온 나는 곧 외박 일정을 잡았다. 사람 많은 곳도 잘 돌아다녔다고 하니 주치의 선생님이 잘했다고 해줬지만 위험한 상황은 피하자고 했다. 약간 죄송한 마음이 들었다. 곧 선생님은 바깥에서 자살충동이 들거나 불안해지면 할 수 있는 대처법을 다섯 가지 정도 생각해오라는 숙제를 내줬다. 그 자리에서 한두 개쯤 생각하다가 다섯 가지나요? 되물었지만 선생님은 꼭 다섯 가지라고 말했다.

이후 내가 선생님에게 말한 대처법은 이것이다.

1. 약 먹기
2. 까미와 산책하기
3. 종이접기 하기
4. 서점 등 좋아하는 장소에 가기
5. 부모님이나 친구에게 전화하기

이틀 뒤 아빠가 외박을 위해 날 데리러 왔다. 아빠는 침착하게 몇 가지 서류를 작성하고 응급약을 받았다. 첫 외박이라서 그런지 담당 간호사님은 힘들면 언제든지 약을 먹을 수도 있고 빨리 병동으로 돌아올 수도 있다고 알려주며 아빠에게도 여러 가지 사항을 당부했다. 나는 그런 거랑 상관없이 얼른 집으로 돌아가서 쉬고 싶었다. 이곳에서의 답답함을 잠시라도 잊을 수 있다니 실감이 나진 않았지만 설렜다.

집으로 돌아가는 차 안에서 바깥 풍경을 보니 모든 것이 생소하게 느껴졌다. 정말 여름이 성큼 다가와 있었다. 사람들의 옷이 짧고 얇아져 있다. 다들 어디로 가는 건지 바쁘게 움직이고 있다. 가야 할 곳이 있으니 저렇게 바쁘게 움직이겠지. 괜히 나만 어디로 가야 하는지 모르고 사는 사람 같다는 생각이 들었다. 아빠는 나와 함께 집으로 돌아가는 게 좋았는지 계속 질문을 했는데 기억나는 건 없다.

아파트 엘리베이터에서 내리자 집 안에서 현관으로 뛰어오는 까미의 발소리가 들렸다. 문을 열자마자 반기는 까미와 함께 엄마가 날 기다리고 있었다. 엄마는 날 꼭 안아줬다. 거의 3주 만에 돌아온 집이었다. 내가 돌아왔다는 것 빼고는 하나도 달라진 게 없었다. 조용했고 그래서 집이 조금 기이하게 느껴졌다.

방문을 열자 미처 풀지 못한 제주의 짐가방이 그대로 문 옆에 놓여 있었다. 순간 이상한 기분이 들었다. 오랜만에 돌아온 탓에 방 구조가 낯설게 느껴져서 그렇다고 생각한 나는 오후 내내 거실에만 머물렀다. 부모님도 나와 함께 거실에 계속 있었는데 갑자기 부모님에게 감시를 받는 것 같아 무서웠다. 곧이어 숨쉬기가 답답해졌다. 병동에서 퇴원하면 다시 일상으로 돌아올 텐데. 지금은 부모님이 계시지만 언젠가는 혼자 있는 시간도 견뎌야 할 것이다. 생각이 많아지자 점점 불안해져서 응급약을 먹을 수밖에 없었다. 그래도 병동으로 돌아가긴 싫었다. 그날 불안이 쉬이 나아지지 않아 결국 잠도 엄마와 함께 잤다.

다음 날도 괜찮은 상태와 나쁜 상태를 반복하느라 예상했던 시간보다 늦게 병동으로 복귀했고, 그사이에 병동에서 부모님에게 전화가 여러 번 와 있었으나 받지 못했다.

외박에서 돌아온 날 저녁, 주치의 선생님과의 면담이 있었다. 선생님에게 나는 더 이상 가족들과 친구들을 믿지 못하겠다고 이야기했다. 선생님은 의아한 듯 왜 그런 생각을 하느냐고 물었다. 퇴원해서 병동을 벗어나 다시 집으로 돌아가면 병동으로 들어오기 전과 똑같은 일상들이 펼쳐질 텐데, 그사이 나는 수도 없이 괜찮아졌다가 나빠지기를 반복할 것이다. 부모님과 친구들은 날 걱정하면서도 계속되는 기복에 어느 순간 두 손 두 발을 다 들지도 모른다. 나는 주치의 선생님에게 힘주어 이야기했다.

“제가 믿는 건 여기 의료진뿐이에요. 아무도 믿을 수가 없어요.”

지금은 이렇게 다들 잘해주지만 결국엔 날 떠날 거 같다는 이야기를 하면서 자꾸 눈물이 났다. 긴 병엔 장사가 없고 내 병이 낫기까지는 매우 긴긴 시간이 필요할 테니까 나는 자신이 없다고 이야기했다. 내 이야기를 들은 선생님은 부모님과 친구들 모두 나를 굉장히 지지해주고 있기 때문에 괜찮을 거라고 얘기해줬다. 하지만 나는 끝내 선생님의 말을 인정하지 않았다.

시작이 없었다면, 끝도 없을 텐데

죽고 싶은 순간만큼 내가 살아있다는 게 분명할 때가 없다.

_2018년 6월 15일 메모

"끝이 있을까요?"

끝에 대한 생각은 병동에서 지내면서 가장 많이 했던 생각 중 하나다. 그리고 스스로에게 가장 많이 했던 질문이기도 하다. 선생님, 죽고 싶은 마음에도 끝이 있을까요? 나에게 끝이 있다면 그것이 곧 죽음일 거라고 생각하며 버텨온 시간이 길어서인지, 병동 생활로 그것이 좌절되자 나는 이 고통에 끝이 없을 거라고 생각했다. 죽음 외에 죽고 싶은 마음의 다른 끝은 상상해본 적도 없었다.

어느 날 오후 내내 잠을 자고 저녁이 되어 겨우 일기를 쓰고 있었다. 거의 매일 하는 일기 쓰기였는데도 그날은 중간에 그만두고 공책을 덮었다. 내가 많이 지쳐있다는 걸 느낄 수 있었다. 그때 담당 간호사님이 면담을 하자고 했다. 나는 간호사님을 따라 나와 복도 소파에 앉았다. 고개를 숙여 발끝을 바라보니 가지런하게 놓인 발이 다른 이의 발 같이 낯설었다. 나는 평소와 다르게 아무 말도 하지 않고 간호사님이 묻는 이야기를 묵묵히 들었다. 간호사님은 그런 나를 보며 잠깐 침묵했다. 그리고 이야기했다.

"나율 님, 우리 작게 기뻐하고 감사해요. 그러면 생각보다 큰 힘을 얻을 수 있어요."

나는 간호사님을 바라보았다. 왜인지 복도가 춥다고 느껴져 몸을 움츠렸다.

"해가 지는 걸 바라보면서 예쁘다고, 오늘도 잘 지냈다고 생각하면 마음이 좀 편해지잖아요."

평소 면담시간에는 잘 하지 않는 이야기였다. 평소엔 지금 기분을 물어보고 하루를 어떻게 보냈는지, 약의 부작용은 없는지 묻는 것이 전부였는데 간호사님 눈에도 내가 굉장히 지쳐 보였던 모양이다. 작게 기뻐하고 감사하자는 말에서 간호사님의 의도는 알 수 있었지만 약의 도움 없이는 조금의 안정도 느끼지 못하는 나에게 그런 제안은 허무맹랑한 소리처럼 들렸다. 나는 잘 모르겠다는 듯 고개를 저었다. 곧이어 간호사님은 오늘 노을이 아주 예뻤는데 그것을 봤냐고 물어왔다. 나는 병실에서 자느라 보지 못했다고 무미건조하게 대답했다.

복도엔 창문이 없었지만 간호사님의 이야기를 듣고 보니 해가 지는 걸 보지 못했다는 게 실감 났다. 모처럼 해가 좋은 날이었다. 그날 나는 거실에서 창밖을 바라보며 한동안 서 있었지만 아무 감정도 느낄 수 없었다. 한눈에 보기에도 찬란한 풍경이었지만 눈에 보이는 만큼 그것을 마음 깊이 담지 못했다. 어쩌면 그래서 더 지치는 하루였는지도 모른다. 나를 겉돌고 있는 무수한 행복들. 병동에 들어오기 전 떠났던 제주에서의 기억이 떠올랐다.

복도 어디엔가 창문이 있는 듯 허공을 쳐다봤다. 그리고 눈을 감고 잠시 상상했다. 큰 창 너머로 지고 있는 노을과 보랏빛으로 물든 하늘을. 사실 간호사님의 말에 동요하지 않은 것처럼 보이기는 힘들었다. 노을을 상상하자 아쉽다는 생각이 밀려들었기 때문이다. 지나가 버린 오늘의 노을이 궁금했고 보고 싶었다. 다른 것은 말고 오늘의 노을만, 내일의 노을 말고 오늘의 노을만, 그것만 보고 싶었다. 나는 병동에 입원하기 전에 쉬는 날이면 온종일 거실 소파에 앉아 해가 기우는 걸 바라보곤 했다. 그때 끝을 생각하며 슬프기도 했지만 어느 날엔 편안함과 따뜻함을 느꼈고, 또 가끔은 위로가 되는 날도 있었기 때문이다.

"저는 해가 지는 걸 보면서 곧 제 고통에도 끝이 있을 거라고 생각했어요. 그런 생각을 하면 위로가 됐어요."

내 말을 들은 간호사님은 고개를 끄덕였다.

"끝은 있어요. 하지만 나율 님이 생각하는 끝과는 아주 다를 거예요."

나는 간호사님의 확신 어린 목소리를 들으며 내 생각과 다른 끝이라는 게 과연 무엇일지 생각했다. 끝이 있다는 사실에 안심해야 하는 걸까. 간호사님은 목소리를 가다듬고 다시 침묵했다.

“그 끝을 새로운 시작이라고 생각해볼 수도 있잖아요.”

“…저는 시작이라는 말을 싫어해요.”

“그래요. 하지만 병동에서 치료받고 있는 것도 그 시작을 위해서라고 생각해요. 나율 님에게 시작은 생각보다 별것 아닐지도 몰라요.”

간호사님의 설득 어린 말에 내가 너무 쏘아붙이며 대답한 것 같아 금방 후회했지만 사실이었다. 나는 줄곧 자살충동이 들 때마다 처음부터 내가 태어난 것 자체가 문제였다고 생각했기 때문에 시작이라는 말을 무척 싫어했다. 이 고통은 내가 끝낼 수 있어도 시작은 어쩌지 못하는 것이니까. 별것 아닌 시작이 있을 리가 없다. 나는 의미 없게 느껴지는 대화 때문인지 또다시 무기력해졌다. 그래서 다른 끝을 상상해보자고 이야기하는 간호사님에게 고통의 끝은 죽음

밖에 없다고 단호하게 이야기하지 못했다. 그저 조용히 앉아 있다가 면담이 끝난 뒤 병실로 돌아왔을 뿐이다. 죽음을 이야기하는 것과 동시에 노을을 보고 싶다고 생각하는 것이 어떤 건지 잘 모르겠다는 생각을 하면서.

간호사님에게 말하진 못했지만 나는 한편으론 우울에서 빠져나오는 게 무서웠다. 언제인지 기억나지도 않는 아주 오래전부터 나는 우울과 함께였고, 그래서 내가 우울하지 않다는 건 나의 일부를 잃는 것과 같다는 생각이 들었다. 그래서 이대로 우울과 함께 끝을 내고 싶어 하는지도 모른다. 있는 그대로의 나로 끝을 내면 억지로 쥐어짠 새로운 시작보다는 그게 더 행복하지 않을까 싶었다. 나는 이제 나에게 우울이 찾아온 걸 아프다고도 특별하다고도 생각하지 않았다. 누구나 아플 수는 있지만 누구나 나을 수는 없다고 생각했다. 간호사님에게도 다음번 면담 때 그렇게 이야기하기로 마음먹었다. 지금까지는 누구에게도 꺼내지 않았던 내 속마음이었다.

아빠는 내 간식으로 매번 바나나우유를 챙겨줬는데, 어릴 때나 좋아했지 지금은 별로 좋아하지 않는다고 말했는데도 계속 바나나우유를 넣어줬다. 아빠의 그런 모습이 내게 무언가를 보상해주려는 행동 같아서 마음이 아팠다.

병동에 누군가의 가족이 면회를 올 때면 나는 그 사람들에게 방해가 되지 않는 선에서 조용히 그 모습을 지켜보곤 했다. 처음엔 누군가 병동을 찾았다는 사실이 반가워서, 그리고 나중엔 그 모습이 병동 바깥에서 본 가족의 모습과 크게 다르지 않아서였다. 누군가의 어머니, 누군가의 남편, 누군가의 딸, 누군가의 동생이 이곳 병동에서 나와 함께 생활하고 있었다.

외박을 다녀오면 얼마 지나지 않아 퇴원할 수 있을 줄 알았는데, 지난번 외박 때 힘들었던 탓인지 퇴원이 밀렸다. 이미 주치의 선생님에게 지친 모습을 잔뜩 보여줬는데, 퇴원해서도 잘 지낼 수 있다고 이야기해봤자 소용없을 것 같아서 더는 토를 달지 않았다. 알겠다고 말하고 부모님과 통화를 했다. 부모님은 진심으로 아쉬워했지만 입을 모아 조급하게 생각하지 말자고 이야기했다. 아쉬운 마음에 Y와 동생들과 간식을 나눠 먹으며 이야기를 나눴다. 아이들은 우리 중 가장 먼저 퇴원할 사람으로 나를 꼽으면서 퇴원하게 되면 많이 보고 싶을 거라고 이야기해줬다. 나도 그럴 것 같다고 말하며 순간 눈물이 날 뻔했으나 이내 우는 게 내 기분에 전혀 도움이 될 것 같지 않아서 열심히 참았다. 내일쯤이면 담당 간호사님과 다음 면담을 하게 되겠지. 하게 된다면 지난번에 다짐했던 대로 진짜 내 마음을 꺼내 보일 수 있을까. 나는 끊이지 않는 생각을 하며 창밖의 여름 하늘을 바라보았다.

다음 날 어김없이 간호사님이 날 찾아와 면담을 하자고 했다. 복도로 나서면서 나는 좀 긴장되기 시작했다. 부모님 얼굴이 차례로 떠오르며 이대로 괜찮은 척 얘기를 잘하면

(실제로 그러기는 힘들겠지만) 퇴원 일정이 좀 더 앞당겨질 수도 있지 않을까 생각했다. 하지만 누구에게든 더는 나를 숨기지 않고 이야기하는 게 더 중요할 것 같았다. 나는 숨을 크게 들이마셨다가 내쉬었다.

"선생님, 전 누구나 아플 수는 있지만 누구나 나을 수는 없다고 생각해요."
"그건 나율 님을 향한 이야기인가요?"
"그럴 수도 있고요."

간호사님의 빠른 반문에 당황했지만 나는 말을 이어갔다.

"누구나 나을 수 있다면 병이 재발해서 고통받거나 결국 병 때문에 자살하는 사람도 없어야 하는 게 아닌가 생각해요."
"저는 그것과는 별개로 나율 님이 많이 좋아지고 있다고 생각했어요."

간호사님이 나직이 말했다. 간호사님과 나 사이에 어색한 침묵이 흘렀다. 그 침묵의 무게가 무거워서 뭐라도 이야기할까 생각했지만 이내 신중하게 내 속의 말들을 좀 더 골라내기로 했다. 하지만 내 생각을 솔직하게 이야기하면서도 간호사님의 눈치가 보이는 건 어쩔 수 없었다.

"나율 님은 지금껏 살아온 이유가 뭐라고 생각해요?"

"남동생과 키우는 개 때문에요."

"그 이유에 나율 님 자신은 한 번도 없었나요?"

"그게 이상한가요?"

간호사님에게 되물으며 잠시 생각하다가 곧 그런 것 같다고 대답했다. 그리고 그 이유에 내가 꼭 있어야 할까 생각했다. 세상에 자기 자신 때문에 살아가는 사람이 몇이나 있을까? 아닌가, 나만 이런 생각을 하고 사는 걸까? 보통은 부모님이나 친구들을 살아온 이유, 혹은 살아갈 이유라고 이야기하나? 나는 시간이 지날수록 점점 작아지는 내가 싫어서 얼른 병실 안으로 돌아가고 싶었다.

"저는 이제 우울하지 않은 저를 상상하기 힘들어요. 어느 순간엔 괜찮아질 수도 있겠지만 완전하게 나을 수는 없다고 생각해요. 그래서 저는 앞으로도 계속 우울하게 살아야 할 것 같아요."

"그래서 끝에 대해서 생각하는 것 같아요?"

"그런 것 같아요. 죽고 싶을 때마다 저는 제 우울 말고는 뭔가를 인정해본 적이 없어요."

그렇군요, 짤막하게 대답한 간호사님은 고개를 주억거리다가 나를 바라봤다. 또다시 어색한 침묵이 간호사님과 나 사이를 에워쌌다. 그리고 곧 침묵을 깬 간호사님의 말에 나는 순간 머리를 한 대 얻어맞은 느낌이 들었다.

"하지만 지금껏 그 많은 충동들을 견뎌낸 건 나율 님 자신이잖아요. 그런 자신은 인정해줘야 하지 않을까요?"

복잡하게 물고 늘어지는 생각들을 정리하고 있었는데 말문이 턱 막혔다. 지난날 나의 이상행동에, 멈출 수 없는 충동과 감정 기복에 마땅한 이유를 찾지 못한 채 그저 내가 별

볼 일 없고 성격이 파탄 난 사람이라고 생각하며 넘겨왔던 고비들이 하나둘씩 떠올랐다. 아무리 간호사님의 말을 인정하고 싶지 않아도 그 고비마다 수도 없이 고민하고, 갈등하고, 선택해서 지금까지 버텨온 건 나 자신이라는 걸 부정할 수는 없었다. 그것에 훈장을 주고 싶지도 않았지만 도저히 외면할 수 없는 사실이었다. 인정하기 괴로운 사실이었다.

"우리 앞으로 살아갈 이유에 대해서 좀 더 얘기해보기로 해요. 그래야 퇴원해서도 잘 지낼 수 있을 것 같네요."

면담은 그대로 끝났다.

주치의 선생님과 담당 간호사님과의 면담은 매일 진행됐지만 살아갈 이유에 대해서 이야기하기 시작하면 진전이 보이지 않았다. 누구나 아플 수 있지만 누구나 나을 수 없다는 내 생각에 변화가 오기란 힘든 일이었다. 게다가 가끔은 나 자신이 병에 의해서 우울한 건지 아니면 우울에서 빠져나오기 싫어서 우울한 척하는 건지 잘 모르겠다는 생각이 들었다. 주치의 선생님은 더 이상 퇴원 이야기를 꺼내지 않았다. 하지만 내가 살아갈 이유를 찾지 못한다고 해도 병동에서 생활하는 게 오래 지속될 것 같진 않았다. 이미 나에게 맞는 약을 찾았고 생활패턴도 정상으로 돌아왔기 때문이다.

날이 더워지면서 병동 안에 있는 나에게 여름을 알리는

지인들의 카카오톡이나 문자가 가끔씩 왔다. 나는 부모님과 외출할 때마다 휴대폰을 켜들고 그런 연락들을 하나씩 열어보며 여름을 보내고 있었다. 어떤 이는 푸른 녹음의 사진을 보내기도 했고, 어떤 이는 시를 보내주기도 하고, 조심스럽게 내 상태를 묻기도 했다. 병동에 들어왔다는 걸 알린 사람은 몇 없었는데 하루아침에 연락이 끊겨버린 나에 대한 이야기가 조금씩 돌긴 돌았나 보다. 연락이 반갑지 않은 건 아니었으나 그런 연락들이 약간은 부담스러웠다. 나는 지금 보호병동에 있고 퇴원을 해서도 다시 병동으로 돌아오지 않고 잘 지낼 수 있을지 가늠할 수 없었기 때문이다. 나는 연달아 외박을 허락받은 것에 대해 이제 곧 퇴원이 멀지 않았음을 짐작했다. 그래서 부모님에게 다음 외박 땐 친한 친구들과 함께 밥을 먹고 싶다고 조르듯 이야기했다. 부모님은 꼭 그러자고, 애들에게 연락해보겠다고 했다.

약속했던 외박 날이 다가왔다. 이제는 익숙하게 외박 시 주의사항을 듣고 응급약을 챙겼다. 아빠는 그런 내 모습을 보면서 이제 금방 퇴원할 수 있겠다며 웃었다. 아빠 얼굴 위로 자기가 군대에 있을 때랑 다르지 않은 것 같다며 비웃던 남동생의 얼굴이 겹쳤다. 부모님에게 병동에서 있었던 시시

콜콜한 이야기까지 다 하는 편이었지만 면담에 대한 이야기는 하지 않았다. 살아갈 이유를 찾지 못하더라도 나는 머지않아 퇴원할 것이기 때문에 괜한 걱정을 끼치고 싶지 않았다. 그래도 내심 나도 퇴원 전에 선생님들에게 대답할 수 있는 이유 하나쯤은 찾았으면 싶었다. 나도 내가 살아가야 할 이유가 궁금했다. 아빠는 콧노래를 부르며 병동 안을 거닐었다.

아빠가 소고기를 사주겠다고 했다. 소고기라니! 친구들과 나는 왕창 먹겠다고 벌써부터 아빠한테 겁을 줬다. 그 모습이 내가 생각해도 웃기고 유치해서 깔깔거리며 웃었다. 친구들은 내가 많이 좋아진 것 같다고 이야기했다. 그리고 병동에서의 생활에 대해서 묻기 시작했다. 나는 휴대폰을 신문물 들여다보듯 보며 너희 공중전화 써봤냐고 왠지 으스대며 되묻기도 하고 그곳에서 먹는 밥이 얼마나 맛없는지, 탁구가 얼마나 운동이 많이 되는 스포츠인지 (공을 주우러 다니는 게 가장 큰 운동이었다) 이야기했다. 간호사님들의 별명을 하나씩 설명해주며 그곳에서 몽당연필로 쓰는 일기에 대해서도 이야기했다. 집 근처 지하철역에서부터 그런 이야기를 하며 걸어가니 금방 우리가 가기로 한 식당이 나왔다. 친구들이 즐겁게 웃고 손뼉을 치며 내 이야기를 들어줘서 나는 계속 신이 났다.

드디어 음식이 나오고 우리는 서둘러 고기를 굽기 시작했다. 밥을 먹다가 문득 지난번에 면담실에서 주치의 선생님과 했던 대화가 떠올랐다. 주치의 선생님에게 나는 더 이상 가족들과 친구들을 믿지 못하겠다고 이야기하며 울었다. 퇴원해서 다시 집으로 돌아가면 병동으로 들어오기 전과 똑같은 일상들이 펼쳐질 텐데, 그사이 수도 없이 반복될 내 상태가 벌써부터 그려졌기 때문이다. 나만큼 지쳐버릴 부모님과 친구들의 모습이 떠오르며 나는 겁을 먹고 있었다. 어쩌면 그들이 나보다 먼저 지칠 수도 있다. 주치의 선생님에게 힘을 주어 이야기했던 게 떠올랐다. 아무도 믿을 수가 없다고 울면서 말했던 것이, 지금은 이렇게 다들 잘해주지만 결국엔 날 떠날 거 같다는 이야기를 하면서 자꾸 눈물이 났던 것이. 그래서 나는 고기를 먹으면서도 사람들의 눈치를 보고 있었다. 그리고 병동에서 퇴원하면 무엇을 할 건지 앞으로 어떤 일을 시작해볼지에 대해서 괜히 더 들뜬 듯 이야기했다. 하지만 표정은 좋지 못했던 것 같다. 내가 이야기하면서도 중간중간 한숨을 쉬는 걸 보고 엄마가 말했다.

“나율아, 너는 그냥 살아있는 게 기특해.”

엄마는 지그시 웃으며 날 바라봤다. 처음엔 잘못 들은 건가 싶었는데 엄마는 다시 한번 나에게 “뭘 하지 않아도 괜찮아.” 라고 했다. 살아있는 게 기특한 사람이라니. 처음 들어보는 그 말에 나는 충격을 받았다. 나는 한 번도 내가 살아있어서 기특하다는 생각을 해본 적이 없기 때문이다. 살아있는 것만으로도 기특하다는 소리를 들을 수 있다니. 나는 항상 무언가를 증명해야 하는 줄 알았다. 어린 동생을 먼저 잘 돌보고 부모님이 화를 낼 만한 상황을 만들지 않고, 늘 무언가를 성공적으로 해내고, 모든 사람들과 잘 지내야 한다는 압박감이 항상 나를 짓누르고 있었다. 누구에게나 좋은 사람이고 싶었다. 좋은 딸, 좋은 누나, 좋은 친구, 좋은 선후배…. 좋은 사람이 되기 위해 스스로를 몰아붙이고 갉아먹었던 과거의 내 모습이 떠올랐다. 끊임없이 나의 존재를 증명해야만 비로소 나로 살 수 있다고 생각했는데, 엄마는 그냥 내가 살아있는 것만으로도 기특한 사람이라고 해주신 것이다. 놀라움에 이어 지금껏 느껴보지 못한 안정감이 찾아왔다. 나를 감싸 안아준 그 말을 듣고 나니 그제야 주치의 선생님과 간호사님의 말에 조금은 동의할 수 있을 것 같았다.

"어머니, 나율 언니 바보 같아요. 몰랐나 봐요."

맞은편에서 고기를 먹던 동생이 웃으면서 이야기했다. 나는 얼떨떨한 표정을 지우고 금세 동생을 따라 웃었다.

나중에 들었지만 한 동생은 나에게 차마 연락을 할 수 없었다고 한다. 주위 사람들에게도 일부러 내 이야기를 묻지 않았다고. 혹시라도 연락을 하거나 주변에 나에 대해 물어봤을 때 내가 정말 없어졌을까 봐, 나의 부고를 듣게 될까 봐 겁나서 이대로 연락을 하지 않으면 그대로 내가 어딘가에 살아있을 것 같아서 연락하지 못했다고 했다. 나는 그 이야기를 듣고 내색은 하지 않았지만 집에 돌아와 한참을 울었다. 나는 모두에게 살아있는 것만으로도 기특한 사람이었다. 그것을 깨닫기까지 너무 오랜 시간이 걸렸다. 예전에 나는 내 상처와 지쳐있는 마음이 눈에 잘 보이지 않아 내가 아픈 것을 자주 잊었다. 하지만 내가 아프다는 것을 인정하고 살아있는 게 기특하다는 것을 알게 된 지금은 다르다. 금방은 아니겠지만 언젠간 나도 이 아픔을 치료할 수 있고 더 나아가 나을 수 있다는 희망이 생겼다.

누구나 아플 수 있지만 누구나 나을 수 없다는 내 생각이 조금은 깨지는 순간이었다. 나는 병동에 들어온 이후 처음으로 좀 더 살아보자고, 한 뼘만 더 버텨보자고 생각했다. 주치의 선생님에게도 담당 간호사님에게도 할 이야기가 생겨서 다행이라고 생각했다. 나는 살아있는 게 기특한 사람이라고 스스로에게 이야기할 수 있을 정도가 될 때까지 살아보기로 했다.

같은 병실 동생이 병동 벽은 너무 차갑고 아무것도 없다며 꽃 모양 포스트잇을 사 와서 한 개씩 붙이기 시작했다. 벽에도 창에도 하얗고 노란 꽃이 피어났다. 그리고는 나에게 어떠냐고 물으며 웃어 보였다. 나는 그 모습이 귀여워서 좋다고, 예쁘다고 했다.

어느새 병동엔 처음 보는 얼굴들이 나타났다. 실습을 위해 병동을 방문한 인턴들이었다. 그들은 환자들과 자신이 직접 짜온 간단한 게임을 하거나 돌아다니면서 이야기를 나누거나, 면담을 하면서 시간을 보내는 것 같았다. 나는 게임엔 참여하지 않았고 다른 환자들과 인턴들이 대화하는 모습이 왠지 신기해서 계속 바라보았다. 곧이어 한눈에 봐도 어려 보이는 인턴이 나에게도 다가와 면담을 시작했는데 의사와 환자의 면담이라기보다는 꼭 후배와 이야기를 나누는 것 같았다. 내 말이 끝날 때마다 환하게 웃으며 이야기하는 모습이 보기 좋았다.

퍼즐왕 덧니 간호사님은 축구를 굉장히 좋아했는데 밤늦게 시작하는 월드컵 경기를 열심히 보는 모습만으로도 선생님의 열정을 알 수 있었다. 경기는 대부분 10시 이후부터 시작하니까 우리는 잠잘 준비를 모두 마친 후 거실에 모여 삼삼오오 이야기를 나눴다. 같은 조의 어느 팀이 강팀이고 왜 강팀인지 덧니 간호사님과 보호사님이 설명해줬다. 게임 룰을 잘 모르는 나는 초반에 골이 먹히자마자 병실로 돌아가서 책을 읽다가 잤다.

어느 날은 비몽사몽 상태로 거실로 나왔는데 보호사님 한 분이 전날 경기(독일전)에서 우리 팀이 이겼다고 얘기해줬다. 나와 같은 병실을 쓰는 동생은 TV를 켤 수 없어 경기 결과를 알 수 없는 우리를 놀리려고 그러는 줄 알고 거짓말하지 말라며 보호사님 말을 믿지 않았다. 독일 같은 강팀을 우리가 이겼다고요? 그랬더니 보호사님이 엄청 억울해하며 본인의 휴대폰으로 경기 결과를 검색한 뒤 우리에게 보여줬다. 진짜 독일을 이겼네. 다른 나라도 아니고 독일을! 그것도 2대 0으로! 보호사님은 억울함을 풀었고 우리는 병동 내에서 휴대폰을 본다는 게 신기해서 괜히 들떠버렸다.

퇴원 허락이 떨어지길 간절히 바라고 있을 즈음 누군가 날 찾아왔다. 그녀는 자신을 병원 소속 정신보건사회복지사라고 소개했다. 나는 그때 내 침대에 앉아 동생들과 함께 퇴원하면 무엇을 할 건지 이야기를 나누고 있었는데, 그녀는 자기소개를 하자마자 자살시도자를 위한 면담을 하러 나를 찾아왔다고 이야기했다. 어안이 벙벙해진 나는 사람들의 얼굴을 번갈아 쳐다보며 당황스러움을 숨기지 못했다. 물론 나는 자해 가능성이 있어 이곳에 온 것이 맞지만 그걸 남의 입을 통해 오픈된 공간에서 아무렇지 않게 이야기하는 건 처음 들어서였다. 아, 이곳에서 나는 환자였지. 정신이 번뜩 들었다. 면담하는 내내 사회복지사에게 믿음이 가지 않아 집중할 수 없었다.

그 일 때문에 기분이 별로인 상태로 외출을 다녀왔는데 그사이 교포 아저씨가 퇴원해버려서 너무 서운했다. 이제 누가 나한테 인사를 그렇게 열정적으로 해준담. 나빠진 기분이 쉽게 풀리지 않았다.

거실에서 흘러나오는 노래엔 따로 플레이 리스트가 있는 것 같았는데 도대체 누구의 취향인지 모를 가요 리스트였다. 한 사람만의 것은 아닌 것 같아서 한번은 포로리 간호사님과 면담을 하다가 문제의 리스트에 대해서 물어봤지만 잘 모르겠다고 했다. 그때, 나와 면담을 했던 후배 같은 인턴이 이제 곧 다른 병동으로 이동한다며 인사를 하러 왔다. 빠르다. 아직 리스트의 정체를 밝히지도 못했는데. 어느덧 이곳에서 헤어지는 일에 익숙해지고 있었다.

퇴원 날짜가 정해졌다. 대망의 금요일. 나의 퇴원 소식을 들은 부모님은 두말할 것도 없이 기뻐했지만 나는 왠지 모르게 아쉬워서, 또 무서워서, 토요일에 퇴원해도 괜찮지 않냐고 계속 주치의 선생님에게 여쭤봤다. Y와 동생들이 내 퇴원 소식을 듣고는 금요일이 오기 전에 치킨 파티를 열자고 제안했다. 노래방 프로그램을 한 번 더 볼 수 있을 줄 알았는데 너무 갑작스러웠다. 나는 과연 그 치킨을 울지 않고 잘 뜯을 수 있을지 걱정됐다.

퇴원 날짜가 정해지자 간호사님들이 얼굴을 마주칠 때마

다 축하해줬다. 나는 진짜 긴 시간이었다고, 내가 이 시간을 어떻게 버텨왔는지 모르겠다며 괜히 더 너스레를 떨었다. 간호사님들은 치료를 잘 받았으니 이제 잘 지낼 일만 남았다고 해줬다. 잘 지낼 일만 남았다고 하니 갑자기 외박을 다녀온 후 사람들을 믿을 수 없다며 울었던 면담 내용이 떠올라 덜컥 겁이 났다.

이때까지 차 모임에 한 번도 참여해본 적 없었지만 이제 곧 이곳을 떠난다고 생각하니 아쉬울 것 같아서 한번 참여해보기로 했다. 보이차가 없어서 녹차를 마셨다. 뜨거운 물을 컵의 어느 부분까지 따라달라고 이야기하면서 나는 좀 긴장했다. 사람들이 한두 명씩 모이기 시작했기 때문이다. 다행히 그날 차 모임을 진행하는 간호사님은 기린반 선생님이라는 별명을 가진, 내가 제일 좋아하는 선생님이었다. 모두 차를 하나씩 들고 침묵을 지키고 있었다. 이날 이야기할 주제는 '잊지 못할 사람'이었다. 대부분 부모님이나 친한 친구에 대해서 이야기했고, 내 차례가 돌아왔을 때 나는 친구 H에 대한 이야기를 했다. 그 친구가 죽으려던 나를 여기 응급실까지 데려와 보호자 역할을 해줬다고 말했는데 갑자기 울 것 같은 기분이 들어 서둘러 이야기를 끝냈다. 기린반 선생님은 정말 든든한 친구를 두었다고 이야기해줬다. 이번에도 그 면담 내용이 자꾸 생각나서 울고 싶었다.

오지 않을 것 같던 퇴원 날 아침이 밝았다. 바쁜 엄마 대신에 아빠가 와서 퇴원 절차를 밟기로 했다. 아침 식사 후 나는 조금씩 짐을 싸기 시작했다. 같은 병실을 쓰는 동생이 벌써 짐을 싸냐고 서운한 티를 냈다. "내가 퇴원해서 병동 밖으로 나가면 너 좋아하는 바닐라라테 넣어줄게."라고 말하니 동생이 웃었다. 퇴원 소식에 병동 사람들이 나에게 한 마디씩 건네기 시작했다. 내게 과일을 나눠주려다가 내 옆의 짐들을 보고 도로 가져가는 아주머니도 있었다. 제일 많이 들은 말은 역시 건강하라는 말. 간호사님과 보호사님과도 다시는 이곳에서 보지 말자며 작별인사를 했다.

수면유도제 하나가 늦게 도착해서 퇴원이 늦어졌는데 그때 동생들과 나눈 대화가 잊히지 않는다. 여기에 굳이 적지 않겠지만 마무리는 서로를 사랑한다는 말로 끝났음을 알았다. 우리는 이제 밖으로 나가면 만날 수 없는 사람들이지만 한 달 동안 이미 너무 많은 것을 나눠서 영혼까지 친구가 되어버린 느낌이었다.

3.

내가 살아있어서 좋았다

그냥 살아지는 생명은 없어

대학 조교를 하던 시절, 강사 선생님 한 분이 로즈메리 화분 50여 개를 학과 사무실로 가져왔다. 나와 선생님은 낑낑대며 그것들을 사무실 책상 위에 올려놓았다. 다행히 옮기는 동안 줄기가 꺾이거나 흙이 엎어진 것은 없었다. 나는 손을 털며 이게 다 뭐냐고 선생님에게 물었다. 그러자 선생님은 숨을 몰아쉬며 학생들의 중간고사 대체 과제라고 했다. 식물을 잘 키우는 것으로 중간고사 시험을 대체할 계획이라고. 한참을 들여다보던 나는 기발한 발상이라고 생각하면서도 한편으론 쉽지 않겠다는 생각이 들었다. 선생님에게 왜 하필 식물인지 다시 물었다.

"글을 쓰는 사람은 나 외에 다른 것을 돌볼 줄 알아야 한다고 생각해요. 식물을 키운다는 건 그런 의미입니다.”

퇴원 후 가장 먼저 한 일은 부모님과 식물을 사러 간 일이다. 나는 화분을 사러 가자는 말을 잘못 알아듣고 그런 걸 왜 사냐고 되물었는데 알고 보니 거실 베란다에 둘 식물들을 사러 가자는 이야기였다. 식물이라고 하니 강사 선생님의 특별한 과제가 어제 겪은 일처럼 떠올랐다. 중간고사 과제물로 화분을 하나씩 받아든 학생들은 어안이 벙벙한 표정을 지은 채 하나둘씩 사무실을 떠났다. 나는 학생들의 마음이 이해가 되어서 웃음이 나왔다. 선생님은 곧 나에게도 화분 하나를 주셨다.

“이 사무실은 볕이 잘 들어서 식물 키우기에 좋을 것 같아요.”
“그것만 가지곤 살아남기 힘들지 않을까요?”

나는 식물을 돌보는 일에 자신이 없어서 볕만으론 해결되지 않을 것 같다고 이야기했다. 그리고 선생님에게 ‘제발’이라는 표정을 지어 보였다. 받아든 화분을 선뜻 창가에 내려

놓지도 못하고 어정쩡하게 서 있자 선생님은 웃으면서 "그건 알아서 해보세요, 얼마나 잘 키우시는지 두고 보겠습니다." 하셨다. 나는 어쩔 수 없이 화분을 창가에 두고 첫 물을 주었다.

부모님과 도착한 화원은 7월의 땡볕 아래서도 싱그러운 분위기를 잃지 않은 곳이었다. 엄마와 나는 화원 바깥부터, 아빠는 안쪽부터 찬찬히 식물들을 살펴보기 시작했다. 나는 뾰족하고 둥근 이파리들을 바라보며 식물 고르기에 신중을 기했다. 다양한 종류의 식물들이 각자의 자리에서 존재감을 드러냈다. 나는 곧 커피나무와 네마탄서스, 방에 들여놓을 다육 식물들을 골랐다. 엄마는 해피트리, 아빠는 산세비에리아와 고무나무를 골랐다. 나는 집에 있는 빈 화분을 떠올리고 혹시 꽃씨는 없는지 직원에게 물었다. 그러자 그는 퉁명스럽게 꽃씨는 봄에나 나온다고 답했다. 순간 속이 상해 가만히 있자 엄마가 그 직원에게 가지고 간 율마와 아이비를 분갈이해달라고 말했다. 우리는 곧 옮겨 심은 그것들을 차로 하나씩 옮기기 시작했다. 다양한 식물로 채워질 우리 집 베란다를 떠올리니 상한 마음 대신 가슴 안쪽에서 무언가 부푸는 느낌이 들었다. 우리 집이 이들에게 꼭 맞는 자리이길 기도했다.

강사 선생님이 준 로즈메리는 제게 꼭 맞는 자리를 잡았는지 쑥쑥 잘 자랐다. 정말 해가 잘 들어서 그런가? 딱히 이유를 알 수는 없었지만 다행히 물을 자주, 듬뿍 줘도 시들거나 썩는 일은 없었다. 행운이었다. 나는 수시로 로즈메리를 들여다봤고 그 잎을 손으로 훑어 향을 맡았다. 내 로즈메리와는 달리 학생들의 로즈메리는 금방 죽거나 반쯤은 시든 채로 쓰레기통에 버려졌다. 학생들은 중간고사 점수를 걱정하기 시작했고, 어떤 학생들은 학과 사무실이 명당이라며 이곳으로 시들시들한 식물들을 하나둘씩 가져다 놓기 시작했다. 학과 사무실은 금방 많은 화분들로 채워졌다. 선생님의 의도가 무엇이든 학생들 대부분이 식물을 가꾸는 일에 열과 성을 다하고 있었다.

당연하게도 식물들은 각각 키우는 법이 따로 있었다. 처음에 나는 그냥 물만 잘 주면 될 것이라 생각하고 겉흙이 마르는가 싶으면 바로 물을 주곤 했는데, 그렇게 몇 개의 식물을 죽이고서야 휴대폰으로 식물들의 이름을 하나씩 검색해보기 시작했다. 비교적 키우기 쉽다는 아이비를 죽였을 때는 충격이 컸다. 어떤 것은 해를 잔뜩 받게 해줘야 했고, 또 어느 것은 햇빛 대신 습기를 조절해줘야 했다. 때때로 잎을 닦아줘야 했고 겉흙이 말라도 성급히 물을 주면 안 되는 종도 있었다. 나는 나의 무지가 부끄러워서 말라가는 식물들을 보며 괜히 말을 걸었다. 미안하다, 미안해. 아무 말도 할 수 없는 너희들을 내가 너무 쉽게 생각했어. 나는 시들어 떨어진 이파리들을 정리하고 화분의 자리를 옮겨가며 이 식물들을 더욱더 잘 키워보자고 다짐했다.

유난히 무덥던 계절을 지나 어느새 아침저녁으로 선선한 바람이 부는 계절이 다가오고 있었다. 이즈음에는 커피나무가 시들했는데 다른 아이들보다 조금 더 들여다보니 곧 새 잎을 열심히 틔워 올렸다. 그 모습이 기특해서 사진으로 남겨두었다. 예전엔 계절이 바뀌는 것을 그저 시간이 가는 것으로 여겼다. 하지만 지금은 좀 더 기민하게 받아들일 수 있게 되었다. 식물을 돌보면서 생긴 마음이다. 날씨에 예민한 식물들은 그때그때 해줘야 하는 일들이 분명하게 있었다. 식물들을 돌보면서 그것을 무시할 수는 없었다. 식물들에게 물을 준 기록을 달력에 남기며 나는 문득 나에게도 제때 맞춰 해줘야 하는 일이 있지 않을까 생각했다. 적당한 시기에 물을 주고 햇볕을 쬐어주고 영양제를 주는 것처럼, 스스로에게 하는 일도 식물에게 하는 일과 다르지 않겠구나 생각했다. 이제야 강사 선생님의 말뜻을 어느 정도 이해할 수 있을 것 같았다. 나는 곧 나 자신에게 해줘야 하는 일들을 한눈에 보기 쉽게 정리해서 적어보기로 했다. 얼마 되지 않아 몇 개의 리스트가 나왔다.

1. 오전 5시 기상, 오후 10시 취침하기
2. 빠른 걸음으로 30분 걷기 또는 자전거 30분 타기
3. 따뜻한 음식 먹기
4. 영양제 챙겨 먹기
5. 인스턴트 음식 줄이기
6. 요가, 수영 시작하기
7. 동네 산책하기
8. 일주일에 한 편씩 영화 보기
9. 도예 수업 수강하기
10. 우쿨렐레 배우기

11. 성당 주일미사 나가기

12. 자책하지 않기

_2018년 8월 24일 일기

반려견 까미는 2010년 겨울, 우리 집에 온 아이다. 처음 까미를 받아들었을 때 아빠는 이 애가 태어난 지 겨우 두 달하고도 보름 정도 됐다고 이야기했다. 그랬던 아이가 벌써 9년을 살았으니 이미 노견의 나이지만 우리 가족에게 까미는 여전히 '아기'다. 아마 앞으로도 그럴 것이다. 까미가 우리의 품을 떠나 무지개 다리를 건널 때까지도. 까미를 바라보며 평생을 아기처럼 사는 기분은 어떨지 가늠해본다. 가족 모두가 하도 아기 취급을 해서인지 까미의 표정 대부분엔 아이의 천진난만함 같은 것이 묻어있다. 그녀의 몸은 하루하루 나이를 먹어가지만 표정만큼은 나이를 먹지 않는다. 나는 까미가 우리 곁을 떠날 때까지 그 표정으로 날 바라봐줬으면 한다.

믹스견인 까미는 처음 우리 집에 왔을 때 (지금은 그렇지 않지만) 사람 머리카락보다 더 까만 털을 가지고 있어서 까미라는 이름이 붙여졌다. 까만 털 뭉치에 검은 돌처럼 박혀 있는 눈망울과 코. 가끔 까미가 어두운 거실에 앉아 있으면 검은색 비닐봉지가 굴러다닌다고 착각해서 그것을 주우려고 허리를 굽히는 우스꽝스러운 상황이 자주 발생했다. 까미를 데려온 농장의 노부부 말에 따르면 까미는 점박이 강아지를 형제로 뒀다고 했다. 까미는 가슴에만 반달가슴곰처럼 하얀 털이 있다. 발톱 대부분은 까맣고 나머지 세 개 정도는 하얗다. 까미를 본 모든 사람들은 그것에 대해 신기하게 생각한다.

까미는 분리불안이 심하고 조심스러운 성격을 가졌다. 소심한 탓에 산책 중에 동네 강아지들을 만나도 잘 어울리지도 않고 냄새를 잘 맡지도 않는다. 위협적인 상황에서도 사납게 짖는 법이 없다. 사회성을 제대로 길러주지 못한 내 탓인가 싶어 일부러 까미에게 친구들과 친해져 보라고 붙여봐도 쉽지 않았다.

대신 까미는 내가 어디에 가든지 상관하지 않고 내 몸에 자신의 몸을 붙였다. 마치 내가 불안할 때마다 누군가의 몸을 끌어안고 있거나 벽에 몸을 붙이고 있어야 하는 것처럼. 반려동물은 주인 성격을 닮는다던데, 나는 까미가 나의 불안을 닮을까 봐 두려웠다. 하필이면 이 불안을. 나는 내 불안의 크기를 잘 알고 있었기 때문에 까미처럼 작고 큰 존재가 그것을 겪을 수도 있다고 생각하면 늘 마음 한쪽이 아렸다.

까미를 데려온 지 일주일 만에 나는 아빠에게 까미를 다시 돌려보내자고 이야기했다. 우리 가족이 이 연약하고 사랑스러운 아이를 잘 키워낼 것 같지 않았다. 어미와 떨어져 우리 집에서 지내는 것보다 원래의 집으로 돌아가 키워지는 것이 훨씬 나은 일 같았다. 아빠는 단칼에 안 된다고 말했고, 나는 내 방에 돌아와 어린 까미를 양팔에 안고서 한참을 엉엉 울었다. 무언가를 온전히 책임져야 한다는 사실이 그렇게 무서울 수가 없었다.

그날 밤, 그 애를 거실에 (훈련을 위해) 설치된 울타리 안에 넣어두고 잠들기 위해 방문을 닫았다. 바깥에서 낑낑거리는 소리가 들려왔지만 나는 문을 열어줄 수가 없었다. 이대로 마음이 약해진다면 훈련을 제대로 시킬 수 없다는 생각에서였다. 그러자 조금 뒤에 무언가 바닥을 긁는 소리가 들려왔다. 문밖을 내다보니 까미가 자기 몸보다 훨씬 크고 무거운 울타리를 질질 끌고 내 방문 앞까지 와 있었다. 결국 나는 그 애를 꺼내서 내 방에서 재울 수밖에 없었다. 얘를 어쩌면 좋지, 어설픈 주인을 만나 제대로 된 훈련을 못 받으면 어쩌지. 걱정이 가득한 채로 가만히 누워있으니 내 옆구리에 까미의 웅크린 몸이 따뜻하게 와 닿았다.

병동에 입원하는 기간이 길어지면 길어질수록 나는 까미에 대해서 자주 생각했다. 까미에 관해서라면 가족 중 내가 가장 많은 일을 책임지고 있었다. 작게는 간식을 구매하는 일부터 크게는 병원에 데려가는 일까지. 그래서인지 나는 까미가 나 없이도 잘 지낼까, 밥과 물은 누군가 잘 챙겨주고 있을까, 산책은 어떻게 나가고 있을까, 가족들이 잘 챙겨줄 법한 일에도 쉽게 까미 걱정을 하며 지냈다.

까미는 다른 가족들과 산책하러 나갈 때마다 나를 의식한 듯 현관문 밖을 한참을 서성이며 발걸음을 옮기지 않았다. 그때마다 내가 "어서 다녀와."라고 재차 말하면 그제야 움직였는데 그런 모습을 종종 봐서인지 나는 까미에 대해 이런저런 걱정을 할 수밖에 없었다. 병동을 찾아온 부모님에게 남동생보다 까미의 안부를 더 자주 묻자 부모님은 내가 까미밖에 모른다며 웃었다. 아무래도 내가 분리불안이 심한 것 같았다.

아는 언니와 통화를 하다가 평소보다 차분하고 기운이 없는 목소리가 이상해서 무슨 일이 있냐고 묻자, 키우던 강아지가 죽었다는 대답이 돌아왔다. 나는 순간 어떻게 말해야 할지 몰라서 떨리는 목소리로 괜찮냐고 물었다. 진드기에 물렸다고 했다. 사람을 잘 따르고 언제 어디서든 활기가 넘치는 아이였는데 너무 갑자기 떠났다고 말했다. 언니는 재차 괜찮다고 말했지만 휴대폰 너머로 들리는 언니의 목소리는 금방이라도 어딘가로 사라질 것처럼 아득하게 들렸다. 언니에게 어떤 위로도 해줄 수 없을 것 같단 생각이 들었다.

지금도 까미의 마지막을 미리 생각하면 불을 삼킨 것처럼 마음이 아파진다. 그리고 나는 곧 미안한 마음이 들어 까미에게 내가 할 수 있는 변명거리를 찾기 시작한다. 그렇게 밖에 나가는 걸 좋아하는 걸 알면서도 왜 산책을 자주 시키지 못했는지, 왜 더 좋은 사료와 간식을 먹이지 못했는지, 왜 저상형 가구를 들여놓지 못해 다리를 아프게 만들었는지. 까미를 생각할 때마다 나는 그 애의 죽음에 대한 생

각을 지워본 적이 없었다. 하루하루 시간이 가고 추운 겨울날 까미의 생일이 돌아올 때면 이제 몇 살이니까 얼마 남지 않았구나, 이런 생각을 했다.

나는 내 마음이 다칠 것을 대비해 까미와 죽음을 늘 가까이 두며 그 뒤에 숨곤 했다. 아무리 애써봐도 죽음의 이미지를 떨칠 수 없었다. 내 짧은 생에 그보다 더 짧은 생을 살다가는 친구, 그런 친구는 까미 하나면 충분하다고 생각했다.

"같이 지내는 지금, 지금 이 순간이 가장 중요해."

언니는 울먹였지만 단단하게 이야기했다. 지금 이 순간, 함께하는 지금 이 순간이 가장 중요하다고. 우리는 언젠가 이별을 하게 되겠지만, 그 순간이 우리의 생각보다 이르게 다가올 수도 있겠지만, 지금 우리는 함께 있다. 나는 전화를 끊고 언니의 말을 조용히 곱씹었다. 그리고 내 옆에서 몸을 말고 잠들어 있는 까미를 한참 동안 바라봤다.

나는 까미가 나에 대해서 어떤 생각을 할까 궁금하다. 그 작은 머리로 무슨 생각을 하고 있을지 궁금하다. 내가 이 아이에게 받은 것처럼 까미도 나에게서 무한한 사랑을 느낄까, 구원의 눈길을 받았을까. 물어봐도 대답을 들을 수 없으니 답답하지만 분명히 알고 있는 것들이 있다. 지금 이 순간만큼은 까미도 나와 함께 있어 행복할 것이란 것을. 우리가 서로를 존중하고 진심으로 사랑하고 있다는 것을. 먼 훗날 우리가 헤어지게 되더라도 까미가 지금 이 순간을 기억하고 나에게 검은 꼬리를 흔들어주리란 것을, 나는 알고 있다.

까미에게 자꾸 미안한 생각이 드는 요즘이다.
왜 너는 나의 첫 반려동물일까.
왜 나는 이런 사람일까.
이길 수 없는 슬픔이 너의 등 뒤에
숨어있을 것 같아 때로는 무섭고.

_2018년 7월 17일 인스타그램

하나, 하나, 하나, 한 번에 하나씩만

제주에서 돌아오던 날, 나는 서둘러 공항버스에서 내려 응급실로 갈 택시를 잡았었다. H와 연락을 주고받았고 화장이 지워질 정도로 울고 있었다. 겨우 잡은 택시 뒷좌석에 짐가방을 밀어 넣고 올라타자 기사님은 살짝 당황한 듯 내 눈치를 살폈다. 응급실로 가주세요. 떨리는 내 목소리에 기사님은 서둘러 택시를 몰았다. …누가 아프신가 봐요. 내가 아무 말 없이 창밖을 보며 울기만 하자 기사님이 무겁게 꺼낸 말이었다. 나는 그렇다고 대답하면서 우물쭈물 말끝을 흐렸다. 아마 기사님은 내가 죽고 싶다는 마음을 이길 수 없어 응급실로 향하고 있다는 걸 짐작도 못 했을 거다. 내가 한숨을 내쉬자 곧 기사님의 목소리가 들려왔다.

"너무 많은 걸 생각하면 안 돼요. 그럼 할 수 있는 것도 못 해요."

기사님이 건네준 말에 이상하게 조금씩 진정이 되기 시작했다. 병원에 다다르자 창밖으로 응급실 입구에서 날 기다리고 있는 H가 보였다.

사람들은 약으로 많은 것이 조절된다고 알고 있지만 사실 약을 먹는다고 해도 한번 일어난 자살충동이 쉽게 가라앉는 건 아니었다. 나는 퇴원 이후에도 잦게는 하루에도 몇 번씩 자살충동에 시달렸다. 외래 진료를 받을 때마다 담당 교수님이 나의 상태에 따라 약 조절을 해줬지만 응급약을 먹지 않는 것은 힘들었다. 예진을 볼 때마다 나에게 자살에 대한 구체적인 방법까지 생각하느냐고 물어보면 그렇지는 않다고 대답하면서도 그걸 다행이라고 생각해야 하는 건지 잘 모르겠다는 생각이 들었다. 약을 먹고 겨우 자살 충동이 가라앉으면 그다음엔 무기력증이 날 덮쳐왔다. 여러 날을 제대로 씻지도, 먹지도 않고 밖으로 나가는 일도 없이 침대에 누워 지냈다.

침대에 가만히 누워있는데 문득 병동에서 주치의 선생님에게 약속했던 것들이 떠올랐다. 퇴원 전 나는 주치의 선생님에게 자살충동이 들거나 불안해지면 할 수 있는 대처법 다섯 가지를 이야기했다. 나는 그것들 대부분을 지키지 못하고 있었다. 그중에서 약 먹기를 제외하고는 제대로 할 수 있는 것이 없었다. 당장 조금도 움직이기 힘든 나에게 서점에 가거나 까미 산책을 시키는 건 무리였다. 바쁜 부모님과 친구들에게 일일이 전화를 거는 것 역시 민폐라고 느껴졌다.

어느 날은 무기력한 상태가 좀 나아져서 단편소설집을 읽었다. 그 책에 쓰인 작가의 말에 인상적인 구절이 있었다. 그 작가는 자신의 글이 잘 풀리지 않고 복잡한 생각이 떠오르면 '한 번에 한 문장씩만'이라는 말을 외운다고 했다. 그 말을 기억하고 문장을 쓰다 보면 어지러이 엉켜있던 머릿속이 정리되면서 비로소 글을 써 내려갈 수 있다고 했다. 그 문단을 읽어 내려가며 나는 그때 그 택시 기사님의 말을 떠올렸다. 그러자 내가 아무것도 하지 못하는 건 어쩌면 너무 많은 걸 생각하고 있어서 그런 건지도 모르겠다는 생각이 들었다. 한꺼번에 많은 걸 하려는 마음에 스텝이 엉켜버린 건 아닐까, 그러다 보니 정작 해야 할 일을 하나도 손대지 못하고 있는 건 아닐까.

거울 속의 무기력한 내 모습을 보며 더는 이대로 있을 수 없다는 생각이 들자, 할 일을 정해두고 하루에 무엇이든 한 가지만이라도 해보자고 다짐했다. 예를 들면 잠에서 깨어나면 누워있지 않기, 일어나자마자 바로 세수하고 이 닦기, 정해진 시간에 밥 먹고 약 먹기, 커튼 열고 집 안 환기하기 등등. 누가 봐도 지키기 어렵지 않은 일들로 꼭 해야 하는 일을 추려 한 번에 한 가지씩만 해보기로 했다. 한 문장 한 문장을 더듬어가듯 처음엔 그 일들 사이에 쉬는 시간을 가지면서 해야 했지만 의외로 며칠 만에 내가 하루하루 나아지고 있음을 느꼈다.

어느 날은 영화를 한 편 보거나 (그마저도 다 못 봐서 여러 번 끊어서 본 영화도 많다) 시 한 구절을 읽거나 빨래를 정리하는 식으로 목표가 바뀌었다. 점차 지키는 일들이 수월하게 느껴졌다. 그날 정해놓은 한 가지 이상의 일만 무사히 해내면 그날은 내가 못났다고 생각하지 않게 되었다. 무엇이든 한 가지만. 한 번에 한 가지만. 그 문장들은 무기력했던 내 생활을 일으켜 세웠다.

외출을 통 하지 않고 혼자 지내는 시간이 길어서였는지 어쩌다 약속이 생겨 사람을 만나면 그 자리에 적응하지 못하고 불안에 떨기 시작했다. 겉으로는 아무렇지 않은 척 웃었지만 속으로는 이 모임이 언제 끝나나 셈을 하기도 했다. 친구에게 이 사실을 털어놓자 친구는 화들짝 놀라며 어렵더라도 바깥출입을 늘려야 하는 게 아니냐고 했다. 언젠가 일도 새로 시작해야 할 것이고 사람들도 많이 만나야 할 테니 친구 입장에서는 내 상태가 걱정되었을 것이다. 처음엔 큰 문제가 되지 않을 것 같아서 친구의 말을 쉽게 넘겼는데, 언제부턴가 사람이 많은 곳에 있거나 대중교통을 이용할 때면 어지럽고 숨을 몰아쉬는 경우가 종종 생겼다. 이러다가 어디에서든 쓰러져도 이상할 것 같지 않다는 생각이 들자 겁이 나기 시작했다.

나는 많이 움직여야 하는 것 말고 집 앞 편의점에 가는 것을 시작으로 움직이는 거리를 늘려보기로 했다. 시도하는 게 생각만큼 힘들지는 않았다. 아직은 사람을 많이 만나는 단계가 아니어서 그런지 혼자 꽤 재미있게 이동 범위를 늘려갈 수 있었다. 그리고 집 안에서 바라보기만 하던 풍경 속으로 뛰어들자 어느새 많은 소리들이 들리기 시작했다.

“개가 귀엽네요.”

“이 영화 재밌다!”

“내가 기다리던 작가 신작 나왔어.”

“오늘 회사에서 무슨 일이 있었냐면….”

나는 전보다 자주 산책을 했고 혼자 영화관 맨 끝자리에서 영화를 봤고, 서점에 가서 책을 찾고, 카페에 앉아 조용히 앉아 시간이 가는 것을 보았다. 그렇게 하면 내가 대단한 걸 하지 않았음에도 마치 병과 싸워 이긴 것처럼 느껴졌다. 그러한 성취감이 하나씩 모이자 곧 사람들도 잘 만날 수 있을 것 같다는 생각이 들었다. 처음엔 대수롭지 않은 방법으로 시작했지만 나는 응급약을 먹지 않고도 꽤 잘 지낼 수 있게 되었다.

공방을 찾는 일은 어렵지 않았다. 집 앞에서 마을버스를 타면 한번에 갈 수 있는 곳이었다. J언니의 추천으로 도예 수업을 받기로 했다. J언니는 도예를 전공하고 공방에서 학생과 성인을 대상으로 수업을 진행하고 있었다. 흙을 손으로 만지고 물레를 차는 일이 정신적으로도 육체적으로도 나의 재활에 도움이 될 거라고 이야기했다. 그래서 처음 수업을 제안받았을 때 나는 얼른 그러겠다고 대답했는데, 수업이 다가올수록 내가 너무 성급한 결정을 내린 건 아닌지 고민했다. 잘할 수 있을지 걱정되기 시작한 것이다. 어느새 버스는 동네 학교들과 아파트 단지 주위를 굽이굽이 돌고 있었다.

언니와 나는 반갑게 인사를 하고 차를 나눠 마셨다. 첫 번째 수업에서는 가볍게 도자기 마그넷을 만들기로 했다.

나는 곰과 여우, 사과, 나뭇잎, 조개껍질 모양의 그림들을 스케치북 위에 그렸다. 그리고 완성된 그림 위에 색색의 흙을 올려놓고 둥글고 네모나게 모양을 잡았다. 흙의 차가운 감촉이 낯설었다. 모양이 잡힌 흙 위에 도구로 무늬를 그려 넣으니 제법 그럴듯해 보였다. 처음엔 만들려는 마그넷의 크기가 작아서 조금만 힘을 들이면 될 것 같다고 생각했는데 그건 잘못된 생각이었다. 오히려 크기가 작았기 때문에 더 손이 많이 가고 세심하게 흙을 눌러야 했다.

"나율이는 꼼꼼한 성격이구나."
"왜요?"
"흙을 다루는 모습을 보면 그 사람의 성격을 알 수 있어."

계속되는 세밀한 작업에 조금씩 예민해지고 있는 내 상태를 눈치챈 언니가 나직하게 말하며 웃었다. 이런 걸 보고 꼼꼼하다고 볼 수 있나. 아닌데, 나는 뭘 해도 느리고 어설픈 사람인데. 나는 언니의 대답에 고개를 끄덕이면서도 꼼꼼하다는 말은 인정할 수 없어 다시 작업에 집중했다. 내 작업 속도가 답답할 법도 한데 언니는 그런 것엔 신경 쓰지 않고 어느 부분을 더 붙이고 떼어내면 재밌을 것 같다고 이야기 해줬다. 나는 언니의 목소리에 의지하며 흙을 다듬었다.

두 번째 수업 날이 금세 다가왔다. 물레를 사용하지 않고 손으로 점토를 둥글고 길게 말아 포개고 합쳐서 작품을 만드는 것을 코일링 기법이라고 한다. 아직 물레를 차는 것에 자신이 없었던 나는 코일링 기법을 통해 머그잔을 만들기로 했다. 만들고 싶은 모양의 컵 사진을 휴대폰으로 검색해 언니에게 보여줬다. 나는 흙을 던져 평평하게 펴서 밑바닥을 만든 다음 본격적으로 긴 가락을 말기 시작했다. 하지만 내가 흙을 밀면 굵기가 균일하게 되지 않고 울퉁불퉁했다. 언니는 실망하는 내 얼굴을 보고 이게 쉬워 보여도 어려운 작업이라고 말하며 흙 상태를 봐줬다. 흙이 마르면 물을 묻히고 주물러가며 흙을 밀었다. 겨우 굵기가 균일하게 완성되자 나는 만들고자 하는 머그잔의 높이를 가늠해보기 시작했다. 흙을 몇 번 밀어서는 어림도 없어 보였다. 반복되는 작업이 지루해지고 있었다.

가락을 올리면서 동시에 흙과 흙 사이에 흙물을 묻혀 잘 결합하고 매만지는 것도 해야 했다. 나는 모양이 비뚤어지지 않게 힘을 주면서 천천히 손을 움직였다. 물레로 작업하지 않아도 정교하고 완벽한 작품을 만들고 싶었다.

"목재나 유리, 가죽 등 다른 공예와 비교했을 때 흙이라는 물성은 쉽게 다룰 수 있어서 어떤 형태든 내가 생각하는 모양 혹은 모습으로 만들어낼 수 있는 것 같아. 동그라미, 세모, 네모, 입체적인 모습까지 그 자리에서 내가 생각한 대로 손만 조몰락거리면 만들 수 있으니까."

어렵게 완성된 컵이 마르길 기다리면서 우리는 도예가 갖는 매력에 대해 이야기했다. 나는 아직 잘 모르겠다고 대답했지만 언니의 대답은 분명하면서도 인상적이었다. 언니는 곧 내가 작업한 컵을 칼로 깎아내며 이리저리 살폈다. 컵은 시간이 지날수록 나아진 모습으로 변하고 있었다. 나는 언니 옆에서 초등학생 수강생이 만든 작품들을 구경했다. 어린아이가 만든 작품이라 그런지 투박하고 어설픈 모양이었다.

"이건 뭘 만든 거예요?"
"기린 모양 도자기는 액자를 만든 거야. 그리고 이 모빌은 구름에서 떨어지는 물방울과 별, 달을 상상해서 붙인 거야. 잘 만들었지?"

언니는 어린 수강생의 작품을 하나하나 설명해줬다. 수강생의 어떤 아이디어가 어떻게 이런 도자기로 만들어졌는지 설명하며 언니의 목소리는 점차 활기를 띠었다. 설명을 들으니 작품들이 조금씩 이해되기 시작했다. 도자기의 생김새나 물감이 칠해진 모양이 정교한 건 아니었지만 수강생이 어떤 모습으로 이 작품에 열중했을지 눈에 선했다. 개성이 도드라지는 작품들이었다. 다른 수강생들의 작품을 보고 내 작품을 보니까 도리어 어설퍼 보였다. 내가 찾아온 사진 속 컵도 아니고 그렇다고 나만의 컵도 아닌, 이도 저도 아닌 모습이었다. 도자기에 대한 애정이 가득한 언니의 눈길과 다른 수강생의 작품 앞에서 내가 너무 잘하려는 것에만 집착하고 있다는 걸 깨달았다.

마지막 수업에서 언니는 그동안 만든 작품들을 한꺼번에 구울 거라고 말했다. 도자기는 초벌, 재벌 과정을 거쳐 1200도 이상 고온에서 구워진다. 보통 초벌은 반나절, 재벌은 하루 정도 걸린다고 한다. 고온에서 장시간 구워야 완성되는 도자기는 그 과정에서 (많은 경우 그렇지는 않지만) 깨지기도 하고 망가지기도 한다고 했다. 도자기를 만드는 일에는 흙을 빚는 것 외에도 복잡한 과정과 큰 인내심이 필요하다는 것을 새삼 느꼈다. 내 작품들이 어떻게 나올지 더욱 궁금해졌다. 제발 깨지지 않고 제대로 나왔으면, 하고 속으로 연신 빌었다.

작품을 굽다가 깨지거나 망가지면 어쩌나 싶어서 언니에게 해결책이 있느냐고 물었다. 언니는 살짝 갈라져 실금이 간 경우엔 사포로 조심히 문질러서 금 간 곳을 메꿔주거나, 재벌을 할 때 유약을 약간 두껍게 발라서 틈이 메꿔지도록 한다고 했다. 하지만 다시 작업해야 하는 경우가 많아서 이젠 마음을 비우고 작업에 매진한다고 했다. 그렇다, 깨지면 다시 만들면 된다. 고온에서 버티는 도자기들도 있겠지만 설령 그러지 못하더라도 내가 다시 다듬고 메꿔주면서 버틸 수 있는 힘을 더해주면 된다. 나는 그 사실에 왠지 모르게 안심이 됐다.

도자기를 굽는 날이 다가왔다. 나는 전과 다르게 편안한 마음으로 기다려보기로 했다. 도자기들이 어떤 모양으로 나오든지 나는 그것들을 잔뜩 아껴줄 마음이 되어있었다.

친구와 명동에서 만났다. 사람 많은 곳이 오랜만이라 살짝 긴장됐지만 오랜만에 만난 우리는 반가운 마음에 어색함 없이 목소리를 높였다. 우리는 곧 백화점에 들렀다가 저녁을 먹기로 했다. 사람이 많아 멀미가 나기도 했지만 혼자가 아니라는 생각에 점점 나아진 상태로 거리를 구경할 수 있었다. 저녁식사를 하며 그동안 나누지 못했던 일상 이야기를 나눴다. 친구는 서핑했던 이야기를 해줬고, 나는 최근에 읽은 책이 얼마나 엉망이었는지 이야기하며 웃었다.

"얘는 조울증 같아. 기분이 막 오락가락한다니까?"

그때 옆 좌석에서 깔깔거리는 큰 웃음소리가 들렸다. 고개를 돌려보니 친구로 보이는 네 명의 사람들이 서로의 성격에 대해서 이야기하고 있었다. 내가 들은 말은, 지목된 사람이 진짜 양극성장애를 앓고 있다는 게 아니라 감정 기복이 심한 사람을 일러 으레 하는 장난 같은 말이었다. 그런 이야기를 할 수 있는 걸 보면 꽤 가까운 사이인 것 같았다. 나는 괜찮은 척했지만 연이어 나오는 '조울증'이라는 단어에 밥을 먹는 내내 신경이 쓰였다.

병동에서 퇴원한 후 나는 사람들에게 아무렇지 않은 척했지만 곧잘 초조해졌다. 지금까지 내가 아팠던 것과 보호병동에 입원했던 사실을 누구에게, 어디까지 알릴 수 있을지에 대한 생각이 늘 따라다녔기 때문이다. 요즘은 많은 이들이 정신과 치료에 대해 이해하고 있다고는 하지만 나는 사람들의 시선이 두려웠다. 나의 병에 대해서 어떤 생각을 할까? 병동에 입원까지 했었는데 다른 사람들이 날 어떻게 볼까? 끊임없이 이어지는 생각들은 나를 좀먹고 나에게 족쇄처럼 작용했다. 입원 기간인 한 달은 짧지 않은 시간이었기 때문에 그럴듯한 변명을 지어내는 것도 한계가 있었다. 그래서 사람들과 만나는 것을 피하기 시작했다.

피하기만 하는 것은 결국 나를 곪게 했다. 답답함으로 무기력증과 불안증이 점점 더 심해졌고 한 번 일어난 자살충동은 쉽게 가라앉지 않았다. 힘든 시간이 찾아올 때마다 바로 응급약을 먹었는데도 그 순간이 나아지지 않고 며칠간 지속될 때도 있었다. 그때마다 이건 내 의지가 아닌 약으로 버텨내는 삶인 것 같아서 살아있는 게 지겹다는 생각까지 하게 되었다. 병동에서 지내면서 겨우 좋아진 내 상태가 그렇게 쉽게 곤두박질쳤다가 다시 괜찮아지곤 했다. 그렇다고 가족들에게 매번 나의 상태를 알리고 싶진 않았다. 나는 내 방 침대에 누워서 자주 울었다. 어느새 내 방은 작은 병동이 되었다.

어느 날 병동에서 쓰던 일기와 퇴원 후의 기록들을 펼쳐봤다. 그것들을 보니 내가 차마 입 밖에 내지 못하는 말들을, 예를 들면 죽고 싶다는 이야기와 가족들에게 그만 미안해하고 싶다는 이야기들을 일기에는 솔직하게 쓸 수 있다는 걸 새삼 깨달았다. 속마음을 털어놓듯 나의 상태에 대해 쓰고 나면 속이 후련해졌다. 생각해보니 일기 쓰기는 유서를 쓸 때와 비슷했던 것 같다. 글을 통해 정리한 생각들을 고백하고, 나에게 혹은 타인에게 남기는 글이라는 점에서 둘은 많이 닮았다. 나는 매일매일 유서를 쓰듯 일기를 썼고 어느 날은 그것을 노트북으로 조심스럽게 옮겼다. 모두 옮겨놓고 나니 다섯 페이지 분량의 글이 나왔다. 나는 계속 글을 붙여나갔다.

아프다는 사실을 고백하는 건 큰 용기가 필요한 일이다. 누구나 그렇겠지만 처음에 나는 용기가 부족했다. 아프다는 사실을 고백하는 것에도 용기를 내야 한다는 데에 힘이 빠지기도 했다. 게다가 용기를 내어 고백했을 때 사람들이 어떻게 반응할까도 무섭고 두려웠다. 보통 왜냐고 되묻는 사람들이 많았기 때문이다. 도대체 네가 왜? 어디서부터 이렇게 된 건지 설명을 하겠다고 다시 입을 떼면 막막해지곤 했다. 나는 왜냐는 물음에 어릴 때부터 이어진 나의 우울에 대해, 과거의 이야기들을 들려줄 수밖에 없었는데 더듬더듬 이야기하다 보면 내 이야기를 경청하는 사람들도 있었고 여전히 의문을 던지는 사람들도 있었다. 그래서 나는 사람들에게 말하는 것 대신 글을 써서 보여주면 어떨까 생각했다. 지금껏 시도해본 적 없는 방법이었지만 나는 글의 힘을 알고 있었기 때문에 꽤 괜찮은 방법인 것 같았다.

일기에 덧붙이기 시작한 글이 길어지자 나는 밥을 먹고

자는 시간 외엔 글쓰기에 몰입했다. 자주 집중력이 떨어졌기 때문에 긴 시간 몰입하는 건 힘들었지만 쉬엄쉬엄 정리하니 꽤 많은 분량의 글이 완성되었다. 입원 전 어린 시절의 일부터 이모의 이야기, 입원해서 겪은 일들과 퇴원 후의 일들까지 아주 천천히 기록해나갔다. 그리고 글의 일부를 주변 사람들에게 보여주기 시작했다. 글을 보여줄 때마다 나에 대해 조금은 더 이해할 수 있지 않을까 싶어서 은근히 설렜다. 글쓰기가 막힐 때면 속상하기도 했지만 결국 하나의 글을 마무리할 때마다 그 희열은 말할 수 없이 컸다. 얼마 전과는 다르게 쉽게 자살충동이 들지 않았다.

첫 번째 피드백이 온 날을 아직도 기억한다. 나와 친구들은 집 근처 카페에 둘러앉아 이야기를 나눴다.

"보호병동이 이런 곳인 줄 전혀 몰랐어. 그곳에서 지냈던 너의 마음도."

친구들은 나의 글을 좋은 글이라고 말해줬다. 나에게든, 읽는 사람에게든 좋은 글이라고. 그리고 마음이 아팠다고,

나를 조금이나마 더 이해할 수 있었다고 말해줬다. 내 진심이 온전히 가 닿은 것 같아서 기분이 좋기도 하고 안심이 되기도 했다. 친구들은 말없이 나의 등을 쓸어주었다. 처음엔 단순히 글을 써보자 정도였는데 좋은 글이라고 해주니 칭찬이 쑥스럽기도 했다.

그래서 더 열심히 글을 쓰기로 마음먹었다. 다른 이들에게도 보여줄 마음으로, 그리고 시간이 지날수록 내가 아는 사람들뿐만 아니라 많은 사람들이 내 글을 읽어줬으면 하는 바람으로 글을 썼다. 아픈 나에 대해서 알려주는 것도 글을 쓰는 큰 이유였지만 보호병동과 입원 치료에 대해 막연하게 생각하는 이들을 위해 글을 쓰는 것도 꽤 의미 있게 느껴졌다. 그동안 보호병동이나 그곳에서 지냈던 사람의 글을 쉽게 접할 수 없었으니 내 글이 사람들의 이해에 조금이라도 보탬이 되었으면 했다.

한편으로 이 글은 나에게 치열했던 지난여름의 일들을 잊지 말자고 다짐하는 글이기도 하다. 기억이란 우리의 생각보다 연약하다는 것을 새삼 깨달은 지금은 계속 기록해놔야 잊지도, 잃지도 않는다는 걸 알게 됐다. 병동의 지루한 일상 속에서 나는 순간순간 메모를 하거나 일기를 남기며 그 시간들을 버틸 수 있었고, 그 기록은 지금 나를 감싸 안아주는 격려의 포옹과 같았다. 아직은 미완성으로 남아 있지만, 그 시간들을 토대로 앞으로도 내가 나를 아껴주는 사람들 사이에서 잘 지낼 수 있을 거란 포근한 믿음이 생긴 것이다.

슬리퍼 언니가 언젠가 병동 이야기를 글로 쓰게 되면
자기는 꼭 제일 예쁜 사람으로 묘사해달라고 했다.
나는 웃으며 꼭 그러겠노라고 이야기했다.

_2018년 6월 17일 일기

어딘가에 있을 또 다른 나율들을 위해

처음 독립출판을 하겠다고 다짐했을 때, 나는 연남동과 해방촌에 있는 독립서점들을 두루 돌아다니며 책을 사 모았다. 10월 초, 연남동 골목을 돌아다니다가 우연히 발견한 독립서점에서 나는 독립출판물과 짧은 만남을 가졌고 곧 그것들의 매력에 푹 빠져들었다. 그곳에서 만난 책들은 퇴사와 우울, 여행, 페미니즘과 섹스 등 일반 서점에서도 어렵지 않게 찾아볼 수 있는 소재의 책들이었는데 분량과 크기, 그리고 표현 방법은 생각지도 못한 것들이 많았다. 아주 짧은 이야기의 열두 페이지짜리 책도 있었고, 그림일기와 아트북, 제본을 따로 하지 않고 스테이플러로 찍어 만든 책도 있었다.

책을 읽던 와중에 문득 내 이야기도 이 책들 중 하나가

될 수도 있겠다는 생각이 들었다. 써둔 글이 점점 길어지자 나는 이것을 나만의 것으로 간직할지 누군가에게 보여주는 글로 남겨야 할지 고민하고 있었다. 내 글을 통해서 보호병동에서 지냈던 경험을, 지금도 어딘가에서 병과 힘겹게 싸우고 있는 사람들의 마음을 조금이나마 알리고 싶다는 생각을 자주 했다. 결국 나는 그 길로 집에 돌아와 서둘러 비어있는 이야기들을 덧붙이기 시작했다.

호기롭게 독립출판을 하기로 마음먹었으나 제작비가 부족하다는 걸 확인하고 크게 낙담했다. 이대로 그냥 접어야 하나 생각할 때쯤 크라우드 펀딩을 알게 되었다. 제작비를 위해 텀블벅이라는 플랫폼을 이용해 펀딩을 하기로 마음먹었다. 주변에 이미 크라우드 펀딩을 해본 친구들이 있어서 덕분에 어렵지 않게 접근할 수 있었다. 하지만 출판을 준비하는 과정은 결코 만만치 않았다. 우선 나는 포토샵이나 인디자인과 같은 프로그램을 다룰 줄 몰랐다. 지금까지 그런 것들을 배워두지 않고 뭐 했는지 나 자신이 한심하게 느껴졌지만 그렇다고 이제 와서 멈출 수는 없었다.

도와달라는 한마디에 친구들은 무슨 일인지 묻지도 않고 그러겠노라고 선뜻 응해주었다. 작업을 시작하자 주위 사람들의 반응이 폭발적이었다. '드디어 시작하는구나!', '응원할 게!' 끊이지 않는 격려 덕분에 나는 신이 나서 꼭 펀딩을 성공하자고, 책을 내자고 다짐했다. 펀딩을 시작한 첫날 후원금의 절반 이상 정도를 모았다. 꿈만 같았다. 한 달여간의 펀딩을 통해서 160여 명의 후원자가 생겼고, 처음 설정했던 모금액의 300% 이상을 달성하며 결국 펀딩에 성공했다.

독립출판을 준비하는 과정에서 가장 어려웠던 것은 책표지를 뽑는 일이었다. 펀딩 성공이 거의 확실시 됐을 때부터 나는 친구와 함께 책표지 작업을 시작했다. 딱 보기에도 재밌고 강렬한 콘셉트로 밀고 나가고 싶었기에 처음엔 표지 전체를 '살아남기'를 두드러지게 표현할 수 있는 게임화면으로 꾸미려고 했다. 하지만 표현하는 데에도 애를 먹었고 정작 만들고 나니 의도한 만큼 인상적이지 않아 그만두었다. 나와 친구는 다시 머리를 싸매고 고민하기 시작했다.

표지는 끝까지 마음대로 따라주지 않았다. 이번엔 인쇄소에 맡긴 표지의 색깔이 제대로 나오지 않아서 인쇄를 여러 번 거쳐야 했다. 청보리밭을 표현해야 했기에 색감이 무엇보다 중요했다. 아무리 색을 조절해봐도 모니터로 본 색상과 차이가 있어서 몇 번씩 가제본을 뽑아야 했다. 그래도 조금씩 아쉬움이 있었다. 결국 서너 번 정도 시행착오를 거친 끝에 표현해내고 싶은 느낌의 색을 최대로 구현해서 본 인쇄에 들어갈 수 있었다. 본 인쇄에 들어가고 나서 알았지만 편집한 원고에도 보이지 않던 오타와 띄어쓰기 실수가 있었다. 아무리 거듭해서 본다고 해도 실수는 나오기 마련이라고, 백퍼센트 만족할 수 있는 작업은 없는 거라던 친구 말이 떠올랐다.

"이러다가 인기 작가 되는 거 아니야?"

"책이나 다 팔렸으면 좋겠어. 나머지 책들은 누가 사주기나 할까?"

나와 친구들은 설레는 마음으로 내 방에 쌓여있는 박스 앞에 섰다. 한창 포장 작업을 하던 책들이 가득 담긴 박스였다. 그날은 포장을 마친 책을 후원자들에게 보내기로 한 날이었다. 우리는 후반 작업으로 주소 라벨을 붙이고 비닐 포장이 쉽게 뜯어지지 않게 테이프로 겹겹이 감싸서 마무리하기로 했다. 작업시간이 많지는 않았지만 어느 정도 작업을 해둔 상태였기 때문에 시간이 모자랄 것 같지는 않았다.

우리는 각자 작업할 자리에 앉아 테이프와 가위를 들었다.

나와 친구들은 농담을 던져가며 주소 라벨을 붙였다. 후원자 이름 뒤에 '님'을 붙여야 할까 말까 고민하다가 겨우 출력한 라벨이었다. 우리는 테이핑을 하며 머리카락이 붙어 들어가진 않을까 포장지가 울진 않을까 조심하며 작업을 했다. 한 번씩 시계를 볼 때마다 시간이 한참 지나가 있었다. 이대로라면 예상했던 시간보다 촉박할 수도 있겠다는 생각이 들자 작업 속도를 높일 수밖에 없었다. 그렇게 몇 번을 반복하자 어느새 포장된 책이 한가득 우리 눈앞에 있었다. 끝났다는 생각도 잠시, 시계를 확인하니 벌써 우체국 닫는 시간이 가까워지고 있었다. 우리는 놀라서 낑낑대며 박스를 옮기고 서둘러 우체국으로 이동했다.

우체국에서 또 다른 난관에 부딪쳤다. 대량발송이라 작업 시간이 오래 걸릴 것 같아 우체국 홈페이지에 발송주소를 파일로 정리해서 입력해놨는데, 그게 자꾸 오류가 난다고 했다. 나는 혹시 몰라 준비한 또 다른 발송주소 파일을 건넸다. 이것마저 실패한다면 이날의 수고는 모두 수포로 돌아가고 마는 상황이었다. 내 일처럼 열심히 도와준 친구들의 얼굴이 보였다. 제발, 제발. 창구에 서서 겉으로는 아무렇지 않은 척했지만 내 속은 타들어 갔다. 한참을 마음 졸이며 서 있는데 드디어 주소 입력이 된다는 목소리가 들려왔다. 나와 친구들은 그제야 한시름 덜고 우체국 소파 위에 널브러졌다. 우리는 계획대로 저녁에 회식을 할 수 있겠다고 이야기하며 웃었다.

책 발송과 독립서점 입고까지 모두 끝내고 나니 책에 대한 반응을 기대하지 않을 수가 없었다. 나는 입고한 서점에 올라오는 후기 글이나 펀딩 사이트였던 텀블벅 게시판에 올라오는 글을 확인하기 시작했다. 책에 공개해놓은 인스타그램 계정을 통해서도 반응을 확인할 수 있었다. 기대했던 것 이상이었다. 책을 읽으며 많이 울었다고 쪽지를 보내주는 독자도 있었고, 원고를 쓰며 생각지도 못했던 부분에 대해서 글을 적어주는 독자도 있었다. 메일도 받았다. 책을 썼으니 당연하지만, (절대 익숙해질 수 없는) 작가님 소리도 들었다. 후원자들에게 감사의 마음을 담아 제작했던 엽서에 대한 반응도 좋았다. 분명 펀딩이 끝나고 이대로 다시 해보라고 한다면 절대 못 하겠다고 단언했는데, 어느샌가 이 과정을 다시 경험해보고 싶은 욕심이 마구 생겼다. 다음 작품도 기대하고 있겠다는 누군가의 댓글이 오래도록 남았다.

내가 다시 제주도에 다녀오겠다고 했을 때, 부모님은 흔쾌히 허락하기 힘든 표정을 지었다. 나도 알고 있다. 우리 가족이 나의 지난 제주 여행을 떠올리지 않는 건 애초에 불가능한 일이라는 것을. 하지만 친구와 이미 작정하고 계획을 다 세워둔 상태였기 때문에 어떻게 해서든 부모님을 설득하기로 했다. 평소보다 자주 통화하겠다고 약속하니 결국 엄마는 허락했다. 하지만 아빠의 허락을 받는 데에는 좀 더 시간이 걸렸다. 부모님의 반응을 이해하지 못하는 것도 아니었지만 나는 이제 그만 집과 이 도시를 떠나보고 싶었고, 다시 제주에 다녀옴으로써 내가 괜찮아졌다는 걸 주변 사람들에게 보여주고 싶었다. 이 정도로 좋아졌으면 여행 한 번쯤은 괜찮지 않겠냐고 자문을 하던 시기였다.

떠나기 하루 전, 정리해놨던 짐가방을 풀었다. 응급실에 갔던 날 그 무거웠던 가방의 감촉을 잊기엔, 외박을 나와 바라보았던 방치된 가방의 모습을 잊기엔 아직 이른 것 같다는 생각도 들었다. 이대로 포기해야 하는지 곰곰이 생각했지만 이제 와서 여행을 포기할 수는 없었다. 그래서 다른 친구에게 빌린 다른 가방을 선택해 다시 짐을 꾸렸다. 가방에 옷가지들을 차곡차곡 넣으면서 혹시라도 공항에서 증세가 나타나면 큰일이지 싶어 응급약을 잘 챙겼는지 재차 확인했다.

제주로 떠나던 날, 약속 시각 내에 공항에 도착하려면 출근 시간대의 지하철을 타야만 했다. 나는 사람 많은 지하철을 감당할 자신이 없어 두 시간 일찍 지하철을 타기로 마음먹었다. 밤새 긴장한 탓인지 잠을 설쳤지만 다행히 엄마와 중간쯤까지 같이 이동할 수 있어서 나는 꽤 안정적인 상태로 공항에 도착했다. 위층으로 향하는 에스컬레이터를 타며 나는 어떤 일이 있어도 맞서보겠다고 여러 번 다짐했다. 그래서인지 공항에서 친구를 기다리는 두 시간 동안 비교적 괜찮은 상태로 혼자 공항에 머무를 수 있었다. 나는 응급약 없이도 기분을 조절할 수 있는 나의 상태가 마음에 들었다.

비행하기 직전 응급약을 꺼내먹을까 말까 고민했다. 증상이 나타난 건 아니었지만 미리 대비해서 손을 써두면 수월하지 않을까 하는 마음에서였다. 왠지 점점 초조해지고 있다는 생각을 지울 수 없었다. 고민하고 있을 즈음 동행하는 친구의 옆 얼굴이 보였다. 그때 갑자기 형용할 수 없는 기분이 들었다. 안도감이라고 해야 할까. 나와 함께 여행을 하기로 결심한 친구에게 고맙다는 생각이 스쳤다. 서로에 대한 믿음이 있기에 떠날 수 있는 여행이었다. 지금은 혼자가 아니니 괜찮을 거라고, 제주에서 돌아오던 날 겪었던 일들이 또다시 날 괴롭히는 일은 없을 거라고 되뇌며 나는 눈을 감았다.

제주에 있는 동안 내내 흐리고 비가 오락가락했다. 제주 여행을 하면서 흐린 날씨는 처음이었기 때문에 지금까지는 보지 못했던 풍경들과 맞닥뜨렸다. 젖은 흙길과 빗방울에 고개를 떨어뜨리는 이파리들, 안개에 뒤덮인 산방산, 꽃이 진 벚나무가 보였다. 노란 유채꽃밭 사이에서 사진을 찍는 연인들과 신나게 뛰어다니는 아이들을 보니 빽빽한 풍경의 도시를 떠나왔다는 게 실감 났다. 중간중간 해가 날 때면 제주의 모습은 무언가로 닦은 듯 반짝반짝 빛이 났다. 내가 이곳 제주에 다시 돌아왔다는 게 잘 믿기지 않아서 낯설지만 반가운 경치를 즐기며 그곳의 모든 것을 느끼려 노력했다. 가보고 싶어 체크해두었던 상점과 카페를 두루 거치면서 나와 친구는 한껏 들떴다.

밤에는 친구와 캔맥주를 나눠 마시며 이야기를 나눴다. 함께 다녀온 곳들을 다시 한번 상기하며 하루를 정리했고 다음 날 일정을 점검했다. 불을 끄고 잠자리에 누워 천장을 바라보면서 나는 문득 내 방 천장의 알 수 없는 무늬들을 떠올렸다. 그땐 그 무늬들이 커다란 숙제처럼 보였는데 지금은 뭔가 짐을 덜어낸 기분이었다. 어릴 때부터 지금까지의 일들이 주마등처럼 스쳤다.

서울로 떠나기 전, 제주 언니의 펜션 근처에 차를 세웠다. 잠깐 언니에게 들러 인사를 하기 위해서였다. 나는 짐을 챙겨 문밖으로 나섰고 친구는 동네를 산책하기로 했다. 조용한 마을이었다. 어느새 비가 그쳤다. 차에서 내리니 어디선가 짙은 바다 냄새가 나는 바람이 불어왔다. 눅눅한 공기 속에서도 바람에 실린 향에 기분이 좋았다. 제주의 바람이었다. 펜션의 위치를 정확히 확인하기 위해 언니와 짧게 연락을 주고받은 뒤 마을 곳곳을 두리번거렸다. 그리고 곧 바람에 흔들리는 청보리밭과 마주치고 말았다.

기도하는 밤이면 나는 잊지 않고 이모에게 인사를 건넸다. 영화 〈러브레터〉에 나오는 한 장면처럼, 이모에게 건네는 인사는 항상 잘 지내고 있냐는 말로 시작했다. 이모가 옆에서 조용히 날 지켜보고 있는 것처럼 천천히 인사를 하고 나면 이후엔 걷잡을 수 없는 감정이 밀려왔다. 그것이 슬픔인지 그리움인지 모르게 잠시 동안 그 감정에 휩쓸려 가만히 눈을 감는다. 나는 아직까지 이모의 산소에 가본 적이 없다. 그곳에서의 나를 감당할 수 없을 것 같기 때문이다. 거기서는 안녕한지, 편안한지 나는 아직 이모에 대해서 궁금한 게 많다.

밀려오는 바람에 한데로 움직이는 푸른 청보리밭을 보고 있으니 친구가 나에게 괜찮냐고 물어왔다. 청보리밭을 바라보며 나는 어김없이 이모를 떠올렸으나 이내 내가 마주한 풍경에 집중하기로 했다. 아픈 기억일수록 혼자 끌어안고 가려던 나의 버릇 아닌 버릇이 지금껏 날 아프게 했다면, 이제는 아픈 것을 혼자 끌어안거나 덮어두지 않으려 노력했

다. 누군가에게 내 아픔을 드러내고 똑바로 바라봄으로써 상처를 치유받을 수 있다는 걸 깨달았기 때문이다.

이제 나는 청보리밭을 볼 때마다 이모와의 어릴 적 기억뿐만 아니라 소중한 이와 함께 떠났던 여행의 한 조각을 같이 떠올릴 것이다. 이곳 제주에 다시 오길 잘했다는 생각이 들었다.

제주에 있는 내내 약으로 조절되어서인지 내 기분이 한껏 올라가는 일은 드물었지만 같이 간 친구 덕분에 즐거운 시간을 보낼 수 있었다. 전처럼 강한 느낌의 감정은 아니어서 아쉬운 마음이 있었지만 그럼에도 이번 여행이 뜻깊었던 것은 내가 다시 여행을 갈 만큼 상태가 좋아졌다는 걸 확인한 것과 특별한 인연과 함께하고 있다는 것을 새삼 깨달았기 때문이다.

살아있어서 할 수 있는 이야기

특강 제의를 받은 것은 어느 날 오후의 일이었다. 나는 집 앞 카페에서 글을 쓰고 있었고 카페 안은 점심시간이 막 지난 탓인지 사람들이 몰려들고 있었다. 그때 알 수 없는 번호로 전화가 걸려왔다. 잠깐 고민하다가 전화를 받았는데 모교에서 현재 조교로 일하고 있는 후배였다. 연락받을 일이 없었기에 의아하게 생각하며 이야기를 들었다. 학과 재학생들을 대상으로 한 학기에 한 번씩 진행되는 졸업생 특강의 강연자로 와달라는 전화였다. 후배는 내가 독립출판을 했다는 것을 소문으로 전해 들었다고 했다. 나는 선뜻 대답하지 못하고 생각해보겠다고 말하고 전화를 끊었다. 얼떨떨했다. 긍정적으로 검토해달라는 후배의 목소리가 글을 쓰는 내내 맴돌았다.

조교를 그만둔 뒤 학교에 가본 적이 없었다. 일을 관두고 갈 일이 딱히 없기도 했지만 그곳에서 일하면서 힘들었던 일들이 트라우마처럼 날 괴롭혔기 때문이다. 종종 학교로 출근하는 악몽을 꿨다. 보호병동에 다녀온 이야기를 책으로 내고 왜 굳이 숨겨야 할 일을 이야기하냐는 질문을 받은 것도 얼마 전 일이었다.

나는 그즈음 자격에 대해서 생각하고 있었다. 내가 앓고 있는 병과 보호병동에 대해 글을 쓸 수 있는 자격, 목소리를 낼 수 있는 자격에 대해. 결국 나는 친한 후배들에게 특강 이야기를 꺼내며 이 제안을 받아들여야 할지 말지 고민된다고 이야기했다. 하게 된다면 내가 학생들에게 무슨 이야기를 해줄 수 있을지, 학교라는 공간에서 잘할 수 있을지 모르겠다고 이야기했다. 그러자 지금까지 내가 겪었던 일들이 글을 쓰고자 하는 학생들에게 도움이 될 수 있을 거라며 후배들이 특강을 해보라고 적극적으로 권했다. 힘들 것 같다면 학교까지 동행해주겠다고 해서 나는 결국 제안을 수락했다. 내 옆에서 나보다 더 좋아해주는 그 애들에게 진심으로 고마웠다.

특강을 준비하며 대본만 A4용지로 다섯 장 이상을 써

갔다. 주된 내용은 독립출판과 크라우드 펀딩에 대한 이야기였다. 버스를 타고 학교로 가는 내내 긴장됐지만 오랜만에 찾은 학교의 모습에 나도 모르게 익숙하다는 느낌이 먼저 들어서 조금은 안심했다. 교수님을 뵙고 인사를 했는데 내가 책을 낸 것에 대해 누구보다 기뻐해주셔서 감사한 마음이 들었다. 교수님은 내게 누구나 정도만 다를 뿐 요즘은 많은 사람들이 정신적으로 어려움을 겪고 있다고 말해줬다. 나는 그 말에 큰 힘을 얻었다. 사람들이 내 병에 대해 편견을 갖고 날 어렵게 대할 것 같다는 생각에서 조금씩 벗어나고 있었다.

강의실에는 50여 명의 학생이 앉아 있었다. 군데군데 아는 얼굴도 보였다. 날 응원해주기 위해 온 후배들이 맨 뒷좌석에서 나를 향해 두 손을 크게 흔들었다. 그 모습에 웃음이 났지만 다시 학생들의 얼굴을 보니 초조함을 견디기 힘들었다. 마이크를 잡고 인사를 했는데 박수 소리만 들리고 아무것도 보이지 않았다. 어느새 비지땀이 흐르기 시작했다. 말하는 목소리 톤이 일정하지 않고 자꾸 마이크를 쥔 손을 떨어뜨렸다. 나는 속으로 처음 하는 일이니 어설픈 건 어쩔 수 없다고, 굳이 잘해야 할 필요는 없는 거라고 스스로를 다독이며 이야기를 이어갔다. 시간이 흐르자 날 바라보는 눈빛들이 하나둘씩 보이기 시작했다. 차츰 긴장이 풀렸다. 준비해간 자료를 학생들과 함께 보며 독립출판과 크라우드 펀딩을 했던 일을 차례로 풀었다. 조금이나마 도움이 될까 추천한 책들에 대해서도 학생들이 관심을 보였다. 이야기를 하면서 아이들의 얼굴에서 웃음이 어리는 것을 보았다. 작은 반응이라도 보여주는 아이들에게 고마웠다. 나는 서두르지 않고 말을 이어갔다.

특강 시간이 절반 정도 흘렀을 때, 나는 잠시 갈등하다가 내가 아팠던 이야기와 글쓰기에 대한 이야기를 하기로 마음먹었다. 자살충동을 못 이겨 공항에서 한강에 갈 택시를 잡으려던 이야기를 하면서 조금 울컥했다. 그날이 엄마의 생일이었다고 덧붙이자 강의실 분위기가 고요해졌다.

그때는 알지 못했다. 내가 지금 이렇게 살아남아 누군가의 앞에 서서 그때의 이야기를 하게 될 줄은. 병동에 입원해서도 알지 못했다. 간호사님의 얼굴을 멍하니 바라보며 살아야 할 이유를 모르겠다고 대답했던 게 떠올랐다. 나는 퇴원을 해서도 자주 내 병과 내가 아프다는 사실에 함몰되어 있었고, 살아있다기보다는 삶에 대한 기회가 영원히 보류되어 있는 것 같다는 생각을 자주 했다. 하지만 이 이야기는 내가 살아있어서 할 수 있는 이야기였다. 세상에 발을 딛고 서 있어야만 할 수 있는 이야기였다.

나는 학생들에게 병동에서 있었던 일들을 이야기하며 책을 쓰겠다고 결심한 이유를 설명했다. 보호병동은 매체에 노출되는 것처럼 폐쇄적이거나 억압적인 공간이 아니라, 그곳 역시 사람들이 생활하는 곳이고 무엇보다 안전한 곳이라고 이야기했다. 병동에서부터 꾸준히 써온 일기와 메모들의 중요성을 이야기하며 아이들에게 어떠한 글이든지 글쓰기를 놓지 않았으면 좋겠다고 말했다.

"저는 여러분들의 이야기가 궁금해요. 이곳에 100명이 있다면 100명 다 같은 이야기를 갖고 있진 않겠죠. 부디 크고 작은 경험들을 소중히 여기셨으면 좋겠어요. 또 자신이 생각하는 바를 숨기지 않으셨으면 좋겠어요. 끊임없이 스스로를 잘 관찰하고 내가 원하는 방향이 무엇인지 확인하셨으면 좋겠어요. 그래야만 미래의 나를 그릴 수 있다고 생각합니다."

특강을 끝맺으면서 한 마지막 당부의 말은 줄곧 내가 나에게 하고 싶은 말이었다는 걸 알았다. 학생들의 박수 소리가 어느 때보다도 크게 들렸다. 나는 지금껏 나의 이야기를 글로 옮기고 말로 내뱉으면서 생각지도 못한 많은 경험들을 했다. 그에 대해 나에게 응원이나 격려를 보내는 사람들도 많았지만 안타까움과 쓴소리를 서슴지 않는 사람들도 있었다. 무례한 질문도 많이 받았다. 그 경험을 숨겨야 하는 게 맞다고 말하는 사람들에게 나는 선뜻 입을 열지 못했다. 하지만 나는 내가 원하는 방향이 무엇인지 알고 있었다. 나의 경험을 소중하게 생각했고 언젠가는 나의 병에 대해서, 내가 겪었던 보호병동에 대해서 이야기해야 한다고 생각했다. 나 역시 나보다 먼저 우울에 대해, 앓고 있는 병에 대해, 보호병동에 대해 이야기해준 이들 덕분에 용기를 얻고 잘 지낼 수 있었기 때문이다.

더 이상 누군가가 아프다는 이유만으로 세상 밖으로 나서지 못하거나 그곳에서 소외되는 일이 일어나지 않기를 바랐다. 살아있기 때문에 앞으로도 계속 목소리를 내고 싶었다. 내가 살아있어서 할 수 있는 이야기였다.

특강을 끝내고 질문을 받는 시간을 가졌는데 질문하는

학생들의 모습이 귀여웠다. 그런 모습을 볼 때마다 내가 살아있어서 좋았다.

이 책의 가제는 '다정하고 오래 사는 사람이 되려고'였다. 병동에서 치료를 잘 받았지만 퇴원하고 얼마간은 강박적으로 무언가를 해야만 하고, 어떤 사람이 되어야만 한다는 생각에 사로잡혀 있었다. 어느 날은 부모님과 함께 식사하며 이런저런 이야기를 나누다가 다시 직장을 구하는 일도, 편히 휴식을 취하는 일도 잘 안된다고 이야기했다. 그랬더니 엄마가 '넌 그냥 살아있는 게 기특한 사람'이라고 말해줬다. 그 말은 입원했을 당시 외박을 나와 가까운 사람들과 식사했을 때 엄마가 나에게 해줬던 말이다. 언젠가 날 안심시켰던 그 말이 다시 살아나 나를 있는 그대로 인정하게 만들었다. 그래서 제목을 바꿨다. 무엇을 하지 않아도 어떤 사람이 되지 못해도, 나는 그냥 하루하루 기특하게 살아있고 지금은 어쩌다 보니 글도 쓰고 책도 만들었다.

나는 이모를 닮아 다정한 사람이 되고 싶었다. 하지만 타인에게는 다정하게 다가갔을지 몰라도 스스로에겐 다정하지 못해 나는 오래 아팠다. 오히려 많은 이들의 다정함에 빚을 지며 여기까지 겨우 살아왔다. 그래서 처음엔 오랜 기간 병동에 있었음에도 그것을 주변에 말하지도 내색하지도 못했다. 나에게 다정함을 베풀어준 이들에게 느끼는 미안함이 컸기 때문이다.

이들에게 미안함을 느끼지 않으려면 내가 살아있어 기특한 사람이라는 것을 잊지 않아야 할 것 같다. 나는 다정한 이들 주변에 살면서 그것을 알아차리지 못해 불행한 사람이었다. 또 나의 다정함을 스스로 깨닫지 못해 괴로운 사람이었다. 보내지 못한 편지를 보내고 그에 대한 답장을 받으면서, 인터뷰를 하면서, 나는 비로소 깨닫게 되었다. 내가 혼자 살아가고 있는 것이 아님을. 이 글을 읽고 있는 독자들도 그것을 함께 알아주셨으면 한다. 우리는 생각보다 모르고 사는 게 많다.

이야기를 책으로 엮으면서 많은 응원을 받았다. 나보다 먼저 보호병동에 대해 이야기해주어 용기를 준 이들에게, 또 나의 부족한 글을 거듭 읽어주며 용기를 잃지 않게 도와준 이들에게, 끊임없이 힘내라고 충분히 잘하고 있다고, 버티는 것도 자라는 거라고 이야기해준 이들에게 사랑한다는 말을 전한다. 본문에 도움 주신 정경언니, 긴 인터뷰에 선뜻 응해준 신후, 아름, 소라, 다솜, 지완, 진선언니에게 감사의 마음을 전한다. 나의 서툰 걸음마다 조언을 아끼지 않은 선경에게, 말로 다할 수 없는 고마움을 전한다. 보내준 글과 마음 덕분에 어두운 밤을 두고두고 평온하게 보낼 수 있었다고 중기오빠와 지혜언니, 예영언니에게 고백하고 싶다. 새삼 내가 살아있어서 기특한 사람이라는 사실을 일깨워준 사랑하는 부모님과 남동생, 까미, 그리고 앞으로도 나를 일깨워줄, 이 책을 읽어주고 힘이 되어줄 독자들에게 감사하다. 이들 덕분에 이 글은 나에게 더 이상 상처도 족쇄도 아니다.

마치 긴 꿈을 꾼 것 같다. 나는 이제 잠에서 깨어나 슬슬 몸을 움직이고 새롭게 세상에 나아갈 준비를 해야 한다. 그 과정에서 지금껏 겪어봤거나 겪어보지 못했던 수많은 일들이 나를 향해 달려들 것이다. 그 속도와 부서짐이 무섭지만 그래도 내가 믿는 주문이 있다. '살아있는 게 기특하다'라는 주문. 결국 날 살려준 이 말이 앞으로도 날 든든하게 챙겨줄 거라고 믿는다. 나의 이 짧은 기록이 언제 어디서든, 누구에게나, 우리 모두가 살아있는 게 기특한 사람이라는 걸 잊지 않게 해주었으면 한다.

2019년 겨울

김나율

1. 왜 폐쇄병동이 아니라 보호병동인가?

보호병동(폐쇄병동 또는 안전병동)은 외국에서는 Closed Ward 또는 Locked Ward라고 칭하고 있으며, 국내에서는 세 가지 명칭이 혼용되고 있다. 과거에는 영문을 그대로 직역한 폐쇄병동이 주로 사용되었으나, 환자들의 치료적 동기에 부정적 영향을 줄 수 있고 정신장애질환자에 대한 부정적인 인식으로 이어질 수 있어 최근 몇 년 들어서는 보호병동 또는 안전병동이라는 용어를 더 많이 사용하는 추세다. 단, 병원에 따라 명칭이 다를 수 있다.

2. 정신적 응급상황에서도 응급실에 갈 수 있는가?

정신적 응급상황은 자살, 극도의 불안초조, 정신병적 증상, 심한 기분장애, 폭력적 행동 등이 있다. 모든 응급실에 정신과 의사가 상주하고 있는 것은 아니지만, 사전 정보가 없다면 우선 인근 응급실에 가서 기본적인 도움을 받고, 필요시 정신과 의사와 정신과 병동이 갖춰진 병원으로 갈 수 있다. 다만, 모든 정신과병원에서 개방병동과 보호병동을 모두 운영하고 있는 것은 아니다.

이때, 정신과적 질환으로 진단받은 병력이 있어야만 응급실에 갈 수 있는 것은 아니다. 정신적 문제에 대한 첫 의학적 평가와 진단이 응급실에서 이루어지는 경우도 있다. 또한 정신적 증상은 약물, 신체적 질환, 물질 사용, 또는 극도의 스트레스 등과 연관되어 나타날 수 있어서 정신질환으로 진단 받은 적이 없더라도 응급한 조치가 필요할 수도 있다. 치료 필요 여부와 어떤 치료를 할지는 정신과적 진료를 통한 의학적 판단이 필요한 부분이다.

어떤 병동으로 입원하게 될지는 정신과 의사의 의학적 판단에 근거하게 되는데, 보호병동 입원이 결정되는 경우는 주로 정신적 증상으로 인해 현실검증력이 저하되거나 자타해 위험성이 큰 경우다. 현실검증력이란 현실을 평가하고 판단하는 능력을 말하며 현실과 현실 아닌 것을 구분할 수 있는 능력을 말한다.

또, 입원병동의 종류와 별개로 입원 형태를 결정하게 되는데, 우리나라 정신건강복지법에 따르면 환자·보호자에 의해 입원 가능한 형태는 세 가지다. 첫째는 본인이 입원을 신청하는 자의입원, 둘째는 본인과 법적 보호자 1인이 함께 신청하는 동의입원, 마지막으로 법적 보호자 2인이 함께 신청하는 보호의무자에 의한 입원이 있다. 환자 본인이 입원에 대해 동의하는 경우에는 자의입원 또는 동의입원을 진행할 수 있고, 자타해 위험성이 크다고 판단됨에도 본인이 입원을 거부하는 경우에는 보호의무자에 의한 입원으로 진행할 수도 있다.

3. 자살충동과 자살사고는 어떻게 다른가?

자살에 대한 평가는 자살사고, 자살계획, 자살시도로 나누어 각각에 대해 평가한다. 이 가운데 자살사고(Suicidal Ideation)는 막연히 '죽는 게 낫겠다'부터 '구체적인 계획과 실행 의도가 있는 자살사고'까지 다양한 수준을 포함한다. 또한 자살에 대한 생각을 얼마나 잦은 빈도로, 얼마나 많은 시간동안 하고 있는지, 스스로 이 생각들을 얼마나 통제할 수 있는지 (즉, 자살사고를 그만하고 싶을 때 쉽게 중단할 수 있는지) 등도 자살위험도를 평가하기 위한 중요한 요소다. 자살충동(Suicidal Impulse)은 자살사고와 많이 혼용되고 있지만, 의학적으로 정의된 용어라기보다는 이를 경험하고 있는 주체가 자신의 자살에 대한 사고 또는 행동의 '통제하기 어려움'을 나타내는 표현에 가깝다. 예를 들어 자살사고의 수준이 강렬하고 구체적인 경우, 자살사고에서 스스로 벗어나기가 어려운 경우, 자살을 곧 실행에 옮길 것 같은 충동(Urge) 등이 있는 경우에 이런 '통제의 어려움'을 느낄 수 있을 것이다. 이런 면에서 자살충동은 '실행에 옮길 가능성이 거의 없이 막연하고 일시적인 죽음에 대한 생각'과는 구분되는 더 짙은 호소로 볼 수 있다.

즉, 자살충동은 자살과 관련된 '사고'와 '행동'을 포함해 '통제의 어려움'에 초점이 맞춰져 있다면, 자살사고는 그 어떤 것이라도 자살에 관련된 생각이라면 해당이 된다.

우리 모두는 살아있는 게 기특한 사람

초판 1쇄 인쇄 2019년 11월 29일
초판 1쇄 발행 2019년 12월 10일

지은이 김나율
펴낸이 연준혁

출판 1본부 이사 배민수
출판 1분사 분사장 한수미

펴낸곳 ㈜위즈덤하우스 미디어그룹 **출판등록** 2000년 5월 23일 제13-1071호
주소 경기도 고양시 일산동구 정발산로 43-20 센트럴프라자 6층
전화 031)936-4000 **팩스** 031)903-3891 **홈페이지** www.wisdomhouse.co.kr

ISBN 979-11-90427-24-1 03810
값 13,800원

이 도서의 국립중앙도서관 출판예정도서목록(CIP)은 서지정보유통지원시스템 홈페이지(http://seoji.nl.go.kr)와 국가자료종합목록 구축시스템(http://kolis-net.nl.go.kr)에서 이용하실 수 있습니다. (CIP제어번호 : CIP2019047340)